U0576317

见山

周玉潭 著

浙江工商大学 出版社
ZHEJIANG GONGSHANG UNIVERSITY PRESS
·杭州·

图书在版编目(CIP)数据

见山 / 周玉潭著．— 杭州：浙江工商大学出版社，
2024.5
ISBN 978-7-5178-5736-5

I．①见… II．①周… III．①散文集－中国－当代
IV．① I267

中国国家版本馆 CIP 数据核字 (2023) 第 176828 号

见　山
JIAN SHAN
周玉潭 著

责任编辑	徐　凌
责任校对	都青青
封面设计	朱　琳
责任印制	包建辉
出版发行	浙江工商大学出版社
	（杭州市教工路 198 号　邮政编码 310012）
	（E-mail：zjgsupress@163.com）
	（网址：http://www.zjgsupress.com）
	电话：0571-88904980，88831806（传真）
排　版	杭州舒卷文化创意有限公司
印　刷	杭州高腾印务有限公司
开　本	880 mm×1230 mm　1/32
印　张	7.625
字　数	153 千
版 印 次	2024 年 5 月第 1 版　2024 年 5 月第 1 次印刷
书　号	ISBN 978-7-5178-5736-5
定　价	69.00 元

序
青山妩媚
□富晓春

　　隆冬一个不经意的日子，玉潭兄的乡土散文集《见山》摆在了我书房的案头上。看到那一叠散发着乡土气息的书稿，我丢开了身边所有的事，一头扎进作者为我营造的书香氛围中。捧读这部书，来自故乡的那一座座青山顷刻间向我呼啸而至，使我顿感满目苍翠、花红柳绿……

　　我的家乡开门见山，大山是流传千年的"金字招牌"。家乡人对山里山外的划分，有其约定俗成的说法：一般而言，到了浙南山区一个叫"花甲岭"的地方，便被称作"山里人"。"山里人"最显著的特征，就是家家户户都设有"堂前间"（相当于餐厅或客厅）。"堂前间"有七八平方米，中间安插一张红漆四方桌，四周横放着足有二三寸厚的板凳，桌下摆着一米见方的火炉膛，泥灰足有尺把深。在寒冬腊月烤上火，整个"堂前间"暖烘烘的，山民们习惯喝茶配腌菜猫冬。

　　玉潭兄是我少年时的同学。我记得他家的"堂前间"烟火气十足，壁上挂满了金黄色的玉米棒和明春播种的种子，顶上放着红薯。每次上门做客时，他母亲总是将堂前间的炉火捣鼓得红红火火，噼里啪啦炒爆米花让我们享用。他父亲是当地的老支书，喜欢叼着旱烟袋吧嗒吧嗒侃大山，给我们讲《山海经》里的故事。年少的玉潭兄两腮有两团酡红的"堂前红"，恰似两朵飞来的云彩，煞是惊艳。他打小就上山砍柴放牛，大山孕育了他，陪伴他一路成长。

　　眼前这部书稿，于我既熟悉又陌生。说熟悉，是因为书中写的全是老家的山，很多山我与作者年少时就爬过，可谓相当熟道；说陌生，则是因为"一千个读者眼中就会有一千个哈姆雷特"，作者笔下的山，千奇百态，尤其是一些奇趣珍闻，我闻所未闻，以至陌生得如同在看天外之传说。

　　这是一部难得的乡土散文著作，全书共记叙了20余座大大小小的山，涉及的历史人物有百号人。每一座山都展现着一个动人委婉的故事，每一座山都隐藏着一段鲜活生动的历史。作者用丈量的步伐、渊博的学识和对人生丰富的感悟，牵引我们走进大山的深处，共同领略大山的风采，感受千百年流传下来的风土人情，了解名人逸闻，凝聚文化情结……

　　大山是时光老人恩赐大地的"时间胶囊"。富韬、刘基、吴成七、刘鹰、刘貊、叶榛、刘耀东等历史人物，从远去的画卷中走来，走进了历史的大山。多少年来，周玉潭俨然是一位肩背行囊、疾步行走的旅人，他徜徉于南田山脉的腹地，在那些人迹罕至的山寨废墟上，捡起了时光的砖瓦碎片，用带着情感温度的文字打捞散落的刻有地域特征的文化符号或历史印记……

从吴地山，我们追寻温州鳌江狭窄却奔流千年的历史源头；从吴成七寨，我们体验一个草寇仓皇的发迹史及他的艰难与无奈；从五角仙峰，我们隔着时空遥望"三不朽伟人"刘基当年重出江湖的华丽背影；从石圃山，我们感受着旧时山水文人肆无忌惮的闲情逸致……在作者平实的叙述中，有历史，有现实，有珍贵的老照片，也有传说和典故。

对于乡土写作者而言，衡量一本书的真正价值，我认为不在于它写得如何，或者拥有多少读者，而主要取决于它背后蕴含的地方文化的附加值。这个附加值愈高，就说明这本书的价值愈高。在作者的"点化"下，《见山》被赋予了丰富的地域文化特色，它与一个地方的历史文化紧密相连。从这个意义上说，它远不只是一本散文集，它更是一部关于大山、关于乡土的文化史志。

每一个大山怀抱里的孩子，心里总驮着一座会飞翔的大山，那是一道耀眼夺目、永不熄灭的火光，那是一个早早就开始孕育的文学梦想！近年来，文成县以周玉潭、张嘉丽、胡加斋、胡晓亚、包芳芳等为代表的一群以弘扬地方文化为己任的乡土作家迅速崛起，这是一种好现象。他们的足迹踏遍了文成的山山水水，他们的笔触浸润到了乡土的每一个角落，他们贪婪地汲取着养料，他们试图改变当下市场经济冲击下乡村文学萧条乃至颓废的现状，形成一股力，逆流而上，异军突起。

文学从来就不是孤立的，越靠近乡土文化，越醇香久远。它在为自身挤出一条道的同时，也为乡村文化找到了一条光明且有效的路径。从这一点上，《见山》可以说做得十分出色。这本书最大的意义，就在于让文学走下神坛，在经过不断的磨合、妥协和奋进求全等阵痛之后，最终从多变的现实中找到一个与乡村文化相契合的平衡点，从而抵达一种人与自然和平共处、天人合一的境地。

正如作家余光中所说，"一位出色的散文家，当他的思想与文字相遇，每如撒盐于烛，会喷出七色的火花"。《见山》中的每一座山，都是作者引爆思想火花的"捻子"。周玉潭笔下的大山有人物的神韵与气质，有大海的屏息凝视或惊鸿一瞥，更有大草原广袤的远望和平稳有度的舒展。我觉得，他不是在写山，而是在写人性，写一个地方的特色，为家乡人民立传！这就是作家写文史的好处，它使我们从枯燥乏味的文史叙述中，重新回归到文学的本真，领略文字带来的博大与精深！

乡贤赵超构先生为好友姚苏凤《重庆私语》作"跋"时，说因为与作者是朋友，使他"不好意思说赞美的话"。我的想法恰好相反，有道是"桃花潭水深千尺"，除了溢美之词之外，我真的不忍说"泄气的话"。拉拉杂杂写下这么多，我不免诚惶诚恐，唯恐说错了话，抑或有失公允。但那确实是遇见好事物，而发自内心的一种本能的呼喊！为了慎重起见，最好的办法还是请诸君带上本书，到书中描绘的山中实地走一走，看一看。我想，那必定是一段天底下最美妙的心灵之旅。你来或不来，我与作者都在那里等你。不见不散！

壬寅年冬于温州"半晚斋"

目 录
CONTENTS

鲤鱼山：人类 6000 年前的印记

夏日的一个下午，我随意翻开邢松琪老师的《庆余轩文稿》，看到一则短短的文字：

"鲤鱼山遗址位于文成县珊溪镇街尾村鲤鱼山山顶。鲤鱼山三面临水，孤卧飞云江边，状似鲤山栖滩。唯南向跟罗山形成低平地带，顶平坡缓，遗址分布在山顶，海拔 30 余米，分布面积 6000 平方米。1983 年文物普查时，陆续发现石斧、石锛、石簇等遗物。1984 年春进行详细调查，又采集到石刀、石凿、石锛等多件，虽经磨制，但较前采标本粗劣，质地均呈黑色，确定为新石器时代晚期遗址。1984 年 4 月，列入文成县第二批文物保护单位。"

我的脑际扫过一道闪电。孤陋寡闻了，我一直认为，在古代，文成境内山高林密，荒无人烟，自唐代起才有人居住，人们陆续从福建、江西等地迁居至此，生儿育女，逐渐发展至如今模样。想不到四五千年前，或者更早，在珊溪飞云江边的小山岗上，就有人筑巢居住，劈山植谷，在寂寥的江边升起袅袅炊烟。

右下为鲤鱼山，左上为飞云江

　　继续看书，才发现鲤鱼山上的人群并不寂寞。在文成境内，除鲤鱼山外，还有巨屿的湾里岗头、龟背山及大峃的官山背三处古遗址。20世纪七八十年代，人们在这些地方陆续发现磨制石器，有石斧、石凿、石锛、石环、石刀、石簇等，都是稍加打制精磨而成的。在龟背山与官山背遗址还发现了大量的黑陶与印纹陶。专家论证，龟背山遗址时间下限于商代前期或夏代，距今三四千年；官山背遗址的时间稍迟，下限可推至秦汉时期，距今约2000年；鲤鱼山与湾里岗头两处遗址未发现古陶片，出土石器形制多呈粗劣状或稍有磨制痕迹，说明其生活在更古老的时代，距今约6000年。原来，这些古人并不生活在同一时间段，鲤鱼山的人群生活在龟背山人的"古时候"，而龟背山人又生活在官山背人的"很久很久以前"。

　　我将目光投向整个温州，这就热闹了，温州境内被发现的聚落址竟有 110 处，有在平原的，有在丘陵的，也有在大江沿岸的，还有在海岛的。当然，分布最多、最密的是飞云江两岸，共有 33 处。顺着飞云江边逆流而上，仙降的矿背山、宫山、鹤屿山，碧山的山前山，荆谷的石埠山、牛头颈，马屿的高岙山，平阳的坑山咀儿、社山，珊溪的鲤鱼山，巨屿的湾里岗头、龟背山，泰顺的锦边山，影影绰绰，星星点点，飞云江畔到处弥漫着人间烟火。衰亡，兴起，再衰亡，再兴起，四五千年前，人类在清澈的水边演绎着一出又一出悲喜剧。也许，飞云江边没被发现的古遗址还有很多，这么多的遗址，肯定有几处的古人生活在同一时段里。我很好奇，他们相互之间是什么关系，他们又是怎样出现在这些山岗上的。

　　秋天的一个傍晚，我看到了鲤鱼山。那天，我在珊溪中学前面的小公园里闲逛，那里曾经是珊溪镇政府和电影院，后来它们移到别处，这里就改为小公园了。公园内建有一座雕塑，我靠近看，上面写着"鲤鱼山白鹭公园"几个字。我心中一动，抬头一看，前面有一座小山，山坡上长满了毛竹与杂木，绿意葱茏。哦，这就是鲤鱼山，鲤鱼山就在这里。我正打算去寻找它时，它就以这样的方式闯入我的眼帘。

　　我顺着南坡的一条小路爬上鲤鱼山。小路不宽，长满荒草，路旁有碗口粗的树木。鲤鱼山不经爬，三五分钟，就爬到山顶了。山顶平缓开阔，三三两两地分布着农家的菜园，种着青菜、花生、番薯，但经营得不好，农作物没多少生气，园边的杂草却长得异常茂盛。东面与北面的山坡栽满杨梅树，杨梅树有些年头了，显得老气横秋。一条石板路贯通南北，1米多宽，两端分别与沿溪东路与市场路相接。最高处立着一块混凝土浇筑的碑座，分上下两部分，上面嵌着一块高60厘米、宽85厘米的石碑，正面文字为："全县重点文物保护单位鲤鱼山古遗址，浙江省文成县人民政府，公元一九八四年四月十八日公布，文成县文物管理委员会谨立。"背面为鲤鱼山古遗址说明，细辨还能看清字迹，内容与邢老师在《庆余轩文稿》中的记述大同小异。

鲤鱼山古遗址碑

虽然是第一次登鲤鱼山，但我已看过山上出土的石器，三五厘米长，两三厘米宽，静静地躺在文成县博物馆二楼的橱窗里。凑近看，上面隐隐约约有些磨制的痕迹，旁边有标签注明石器采集自珊溪鲤鱼山遗址，不容置疑。我还看过一些有关鲤鱼山的资料，并向有关专家咨询过鲤鱼山的情况，了解过鲤鱼山遗迹发现的过程。

原来，古遗迹虽然隐没在历史风尘里，但还是有规律可循的。就像未出土的竹笋，躲在地下悄无声息，但熟悉竹笋习性的人，却总能一眼看出竹笋的位置所在。

关于新石器时代人类的居住点，专家说有几个特点：一是分布在水边，水源丰富，可捕捞鱼虾，方便舟楫出行。二是处于孤立的小山丘上，山大多高 20—60 米，山势平缓，黄土层深厚，这样的山地势高爽，干燥通风，方便上下山，遇到暴雨时，也不必担忧水患。而且小山孤立，与高山相隔一定距离，也可防备深山的野兽侵扰。三是远处有大山，可就近上山狩猎与采摘野果，以补充食物并丰富食物品种。

鲤鱼山恰好符合这些古人选择居住地的条件。1983 年文物普查时，浙江省文物专家就将鲤鱼山确定为古遗址的调查点，并很快在山顶上发现了石斧、石簇等遗物。1984 年，专家又进行详细调查，采集到了石刀、石凿等。同年，鲤鱼山被列为文成县第二批文物保护单位。

此时，我站在鲤鱼山顶上。太阳慢慢西沉，我抬头远望，四周的山水、房屋开始模糊起来。我想，在遥远的过去，原始人肯定也站在这里无数次举目远眺，那么他们看到的又是什么景象呢？他们应该过着氏族生活，由血缘结合，举族生活在一起，应该有几十人吧，他们使用公有的工具，一起上山打猎，一起下河捕鱼，一起去田园种作，共同分配食物。书上说，他们无贵贱，均贫富，是这样吗？他们应该学会建房居住了，那么这个小山岗上建着什么样的房子呢？他们又怎样分配住房？他们也应该能熟练地使用火种了，那么他们会用什么工具烧烤食物，又怎样分配食物呢？暮色中，一切都显得朦朦胧胧，看不明白也想不明白。

飞云江缓缓流淌，鲤鱼山默默伫立，除了几片粗制的石器，山上找不到丝毫古人类的痕迹。几千年太久远了，谁也不知道当年鲤鱼山上发生了什么，谁也不知道鲤鱼山上的人最终到哪里去了：是消亡了，还是迁移到别处生活了？

鲤鱼山给珊溪人最早的印象，只是一座光秃秃的山，荒凉而贫瘠。20世纪40年代，国民党军队在鲤鱼山的西北角建了一座碉堡，一面临水，两面峭壁。碉堡呈方形，有两层楼，三丈多高，由厚实的黄土筑成，四周枪眼密布。还有一条一人多深、100多米长的壕沟，一直通往鲤鱼山尾的哨所。这样的碉堡珊溪一共有三座，另两座分别在大岗头、米斗背，形成交叉火力点，控制着珊溪的全境。

1949年1月30日（农历正月初二），鲤鱼山成了全珊溪人关注的焦点，四周村庄里的10000多名民兵会聚珊溪，开始攻打鲤鱼山碉堡。国民党兵见势不妙，放弃了大岗头、米斗背两个碉堡，30多名武装人员全部集中在鲤鱼山碉堡内，负隅顽抗。当时的珊溪镇，人头攒动，喊声震天，民兵先是用枪打，攻不上去，便抬来"九节炮"轰，也没有效果，然后用炸药炸，仍炸不开缺口。战斗打打停停，直至同年2月3日，平阳第十区队、青景丽县队、第三县队、泰顺县队及在泰顺东北部活动的部分武装部队先后赶到。部队于2月3日凌晨发起总攻，用机枪、步枪集中向碉堡扫射，碉堡里的枪声顿时哑了，战士们迅速冲上去，从边角爬上碉堡，将手榴弹投向顶部，炸开一个大窟窿，然后接二连三地将手榴弹扔进碉堡内，炸得国民党军死伤累累。国民党军几分钟就顶不住了，只好举手投降。平阳部队将带来的煤油浇遍碉堡，一把火将碉堡彻底烧毁，宣告珊溪解放。

鲤鱼山碉堡旧址

这是发生在珊溪的最大的事件，也是鲤鱼山留给珊溪人最深的印象，直到今日，很多老人仍津津乐道。秋日的一天，我们在王金球老同志的带领下来到了碉堡旧址，这里是一块百来平方米的平地。我转了一圈，这里已没有丝毫战争的痕迹，长着几棵杨梅树，高高耸立着5G信号塔，平地四周有简易的围栏，不知是为了保卫碉堡遗址，还是为了保护信号塔。

我们从街尾村的村委会旁沿着鲤鱼山"鲤鱼头"位置的石板路往上走，越过"鲤鱼背"，然后从"鲤鱼尾"走下来。老人一边走，一边给我们讲述他所知道的鲤鱼山。

20世纪八九十年代，鲤鱼山还是很偏僻的，其南临飞云江，江边的沙滩一直延伸到山脚，其东面也是广阔的沙滩，沙滩边是扁长的深潭，有一个很恐怖的名字叫"鬼洞潭"，水清而凉，潭下有一个洞，内有凉水汩汩地流出，据说经常有人在此淹死或跳水而亡。北面就是现在的白鹭公园、原来的电影院，建电影院之前，这里也十分荒凉，有很长的一段时间，珊溪人将没入墓的棺木安放在这里，因而此地显得格外阴森。

鲤鱼山上的碉堡毁了，壕沟埋了，山上又恢复了宁静与荒凉。慢慢地，人们又想起它的存在，在上面栽种山鸡椒，采摘树籽炊山苍子油。后来，人们又开始栽种茶叶，山上郁郁葱葱，一片绿色。清明前后，采茶姑娘穿梭其间，山上充满了生气。再后来，珊溪发展"杨梅经济"，山上又开始栽种杨梅树。夏天，杨梅挂满枝头，像一个个小灯笼，照亮了梅农的希望。2000年，飞云江修建珊溪水库，水库成了温州人的大水缸。鲤鱼山对面筑起了大坝，山下修筑了公路，山上建造了大坝监测点，每年都有人来检测大坝的动态。

　　站在鲤鱼山上四望，飞云江静静远去，四周房屋林立，偏僻的山峦已成为珊溪的中心。也许在不久的将来，这里会成为人们休闲的公园；也许有一天，这里会建起一座古人类生活展览馆，解说员指着黑乎乎的石头说：6000 年前，这里居住着我们的祖先。

吴地山：鳌江从这里起步

    吴地山位于桂山乡桂库村，是南雁荡山脉在文成境内的一座高山，也是温州境内三大江之一鳌江的源头。《文成县地名志》（2021年版）载："吴地山位于山华林场三十六培林区，以地处吴地村得名，海拔1124.2米。"记载中的吴地村是一个小村庄，只有10户35人，村名来历有故事，说古代有神牛经过此地，一不小心在岩石上留下了牛蹄印，俗称"牛蹄丼"。后来有人在此开荒居住，取村名为"牛蹄"，后变音为"吴地"。

    见到鳌江源头之前，我去过鳌江口。夏日的晚上，我站在鳌江瓯南大桥上静静地注视着鳌江。两岸高楼林立，灯光璀璨，夜幕下的大江壮阔宁静、流光溢彩，一艘船从远处"突突突"地开过来，江水漾起波纹，一层层传导开来，江里的色彩就晃动起来。我知道江水是汹涌向前的，此时我却看不到水的流动，听不到江水的声音。在这从容平静的姿态里，我感受到了大江磅礴的气势。当时我已知道鳌江源头在文成桂库，就想着去看看鳌江源头的样子。

第一次去看鳌江源头是在2019年冬天。车至桂库，才知道我的目的地在吴地山上，在村人的指引下，汽车转向一条狭小的通山公路，两边茅草疯长，草叶伸向路面，时不时会在汽车上留下点痕迹，幸好路不长，只有三四百米。再往上是游步道，1米多宽，新砌的石台阶，钢筋水泥仿木头样子的护栏。有一条山道，不长，岭头往里走几步是几块荒芜的园地，上面种满了树木。走过这片树林，就是鳌江源头了。

抬头看，四面青山。山不是特别陡峭，覆盖着浓厚的绿色，高高低低、密密麻麻都是树。树干隐藏在绿叶之下，我看不清树的大小，也叫不出树的名字。四周很静，我想树底下应该是有美丽的小鸟的，此时却听不到一声鸣叫。

转身看水，两山交会处，流淌着一支涓涓细流。细到什么程度呢？流宽不到10厘米，水贴着石面流动，丝毫听不到流动的声音。流出几米，与另一条细流交汇。另一条更小，两条细流汇在一起，缓缓地前行，在河沟里时隐时现。我愕然，这就是大江的源头吗？

但这确实是鳌江源头，有石碑为证。石碑立在水流上面的一块小平地上，四周满是青翠的细竹与杂草，正中有四个端庄大字"古鳌源头"，左边落款"一九八七年丁卯秋苏渊雷题"。碑的背面刻着杨奔老先生撰写的《鳌江源头勘察记》，记录着探察鳌江源头的经过。风雨30年，碑上一片墨黑，看不清记载的内容。幸好文友嘉丽早在10多年前就拍过照片，她发给我，

鳌江源头石碑

虽也有几处不好辨认，但可以知道大致内容：1987年6月9日至
13日，《鳌江志》编纂领导小组组织有关人员对鳌江源头进行
勘察。勘察组从鳌江口溯主流而上，每到一汇合口，便进行实地
考察，并访问当地父老，了解河流的历史情况。经过科学判别，
最后确认鳌江主流来自文成县桂山乡吴地山。但这里又有两种说
法，一说应为牛头岩下西岙村，一说应为桂库。经实地勘察比较
认为，桂库水至凉头汇合处，中途有天井山等水流注入，流量较
大，河面较宽，而且长度稍长，最后确定鳌江源头应为桂库。
因而《鳌江志》上记载：鳌江源泉地在吴地山南麓，位于北纬
27°35'39"，东经120°3'24"，海拔835米。

看完碑记，我不禁感叹，要想成为一条江的源头也是不容易的。我查了一下资料，判定一条江的源头的依据主要有三个，即"河源唯远""流量唯大""与主流方向一致"，同时要考虑流域面积、历史习惯等。其中，"河源唯远"最容易被人认可。"河源唯远"的原则可以描述为：一条大河的源头是这条河的整个流域中最长的支流对应的源头，而且这个源头应该一年四季都有水。在鳌江众多支流中，认为自己是源头的就有泰顺九峰、瑞安大尖、平阳狮子岩及文成桂库。桂库吴地山水流以绝对的长度赢得了专家的认可，却遇到兄弟水流的挑战，最后以流量险胜对手。就这样，1987年的秋天，一份巨大的荣誉落在了吴地山的南麓上，从此这里流出的每一滴水有了不同的意义。许多人为之欢呼，但这个荣誉的主人却宠辱不惊，仍迈着千百年来不变的步伐默默前行。

我再一次去吴地山是在 2022 年 3 月，这次我们请桂库村的毛定溪陪伴。毛定溪是土生土长的桂库人，小时候就在吴地山上砍柴、种作，对这方水土了如指掌。他带着我们从桂库后山的一条小路往上爬，边走边指着四周的山给我们看：这是牛角山，这是火焰山，这是将军山。顺着他所指的方向，一座座奇形怪状的山呈现在我们眼前。

毕竟是春天了，枫树、灯芯草及叫不出名字的树，迫不及待地抽出绿绿的嫩叶；路的两旁开着一串串黄色的蜡瓣花，东一簇，西一丛，山顿时热闹起来。

将军山

　　水也热闹起来了，远远地就听到流水叮叮咚咚的声音，在通山公路与步行道的交接处，我们看到了欢快奔流的水，漫过路面，又朝山涧奔流而去。原来河道始终伴在山道旁边，只是冬天水太小了，又被树丛遮挡，因而上次我没有发现它的存在，在步行道转弯处，我们还看见了一个迷你版的瀑布，五六米高，水流从顶端挂下来，一波三折，拍击在黑色岩石上，溅起雪白的水花。脚下有潭，潭不大，却清澈透明，看着格外舒心。源头处，水也大了，发出哗哗的流水声，如果说冬天我看到的只是匍匐爬行的幼儿的话，那么春天看见的就是雀跃奔跑的少年了。

　　探究过水源，看过石碑，我们顺着山坡往上走，去看看吴地山主峰的样子。吴地山是红军的根据地。毛定溪说，原来吴地山中住着一户人家，红军经常在那村民家里住宿。《文成县志》还记载着红军在这里打过的一场阻击战："1936年3月，红军挺进师60多人在桂山活动，国民党浙江保安第三团一部从平阳维新出发，直犯桂山。经红军设伏吴地山阻击，毙保安三团3人，伤数人。由于国民党反动派数倍于红军，红军主动撤出战斗，向仰山、黄垟安全转移。"这是红军挺进师在文成境内主动出击消灭敌人的战斗，因而颇具意义。可惜记录过于简略，找不到更详细的叙述。爬山前，我曾向村民打听，村民也说不出个所以然来，只是有人听长辈说，这里的确打过仗，战后还有村人被保安团抓去抬尸体与伤员。

通往山顶要爬陡峭的山坡，山坡上长满了细小的石竹，有人用刀劈出一条1米多宽的通道，山坡上有一条山脊。毛定溪站在山脊上，指着对面的山岗说："那就是红军打伏击战的地点，叫'三碗尖'，山腰处有山道，叫'东岗路'。"他还说，当年打仗时，他大伯正在对面的将军山上砍柴，只听到啪啪啪的枪声，看不见打枪的人，他不知发生了什么事，吓得趴在地上半天不敢动弹。我顺着他所指的方向望过去，那里群山起伏，绿荫葱郁，如果没有人指点，真不敢猜想这里曾历经过一场生死搏杀。

山脊的另一端是一条山道，同样有人清理过，因而路面比较开阔、整洁。毛定溪说，村民把这条路叫作"红军路"，因为当年红军经常从这条路上经过。这条路是周围几个村庄的交通要道，往西通往平溪，往东通往凤狮，往南通往桂库，往北一直往下可达珊溪福首源，因而当年这山道上也人来人往，并不寂寞。

站在一处山坳上，可以看到吴地山的顶峰，虽然正面是悬崖峭壁，但看起来并不十分险峻，爬上去也不会十分艰难。我们顺着山道往前走，顶峰就在山道某一处的上方，当年有小路通往顶峰，村民去山华林场砍柴都从此路经过。但现在却什么路也没有了，长满了小竹与荆棘，我们只好用刀劈出一条小路往上爬。

终于站在顶峰了。这里恰好是一条防火路的顶端，顶上皆是石头，好像有人在上面采石筑亭，又不知因为什么半途而废了。举目远眺，烟色朦胧，群山起伏，村庄、湖泊、大桥构成了一幅壮观图景。

下山后，我们又走进桂库村。在桂库的大街上，竖着一块牌子，上面写着"古鳌源头桂库欢迎您"，看来古鳌源头已成为桂库人骄傲的标志。在村庄的下方，我们又看到了小河，小河的两边是一片田垟，小河上架设着一座座石拱桥，小桥倒映于水中，就有了江南水乡的韵味。在村尾，还有一座木廊桥，廊桥有些年头了，古老陈旧，人踩在桥板上吱吱作响。桥旁有古树群，不远处还有一座凉亭，桥、亭、树构成了一幅别致的鳌江源头水墨画。令人惊讶的

是，水势到这里突然变大了，如果说水在源头处还是少年，到这里就是精力旺盛的青年了。

穿过廊桥，前面是一处断崖，溪水急奔而下，碰撞着奇崖怪石，喷出雪白的水花，发出哗哗的声音，这就是我想象中大江源头的样子了。也许从这里开始，流水才算真正出发，以鳌江的名义，一路向前，走向大海。

桂库村口古树群

雷公寨：古道、古寨，以及古老的故事

朋友知道我喜欢爬山，便向我推荐公阳雷公寨，说它值得一爬。

公阳我是知道的。20多年前就去过，那时还是石子路面，汽车开过，尘土飞扬。路道狭窄陡峭，一个弯接着一个弯，好像永远没有尽头。突然汽车驶上平路，视野豁然开朗，呈现在眼前的是广阔的高山平台，房舍俨然，田园平整，小桥流水，鸡犬相闻。下车的那一刻，弄不清自己是醒着还是在梦里。

慢慢地，我发现公阳还是柿子之乡。秋天，房前屋后，田园地头，到处是黄澄澄的柿子。不久，柿子就从树上下来了，远近城镇村庄的人都吃上了公阳的柿子。人们尝着柿子，说着公阳，柿子几乎成了公阳的代名词。这几年，吃柿子的人少了，看柿子的人却多了，柿子挂满枝头，在风中晃来晃去，看柿子比吃柿子多了几分惊艳。

后来，我又知道公阳乃是千年古乡。公阳人居历史可追溯到唐末，史书记载：唐天祐四年（907），郭子仪的裔孙郭公因避乱徙居公阳；北宋开宝八年（975），南唐国将军叶仁捷迁至公阳开林安家；明洪武二年（1369），又有江西饶州府知事陈约搬至此处上岳头定居。公阳历史上名人辈出，有武显将军陈步云、礼部郎中叶文鼎、继道先生叶葵、高卧先生叶蕃、太极宗师叶大密。这些人走了，但他们居住过的许多房子还在，一座座黑沉沉的四合院，散发着浓浓的人文气息。

雷公寨

当然，我也知道公阳四周都是高山，连绵不断，错落有致。也许山看多了，一次次去公阳，一次次被我忽略。经朋友一说，才如梦初醒，四处寻问，翻看资料，原来公阳的大山也是丰富多彩的，有美丽的风景，还有数不尽的传奇故事。

这一天是 2 月 15 日，元宵节，我约了公阳籍的同事叶敏军老师一起去爬雷公寨。车至公阳，弃车步行。目的地在公阳村的东北向，有公路通往山脚，但我们更愿意走路，这样对山会有更深的感受。

毕竟是春天了，大山底下早已春意萌动，小河边，道路旁，已有小草冒出细细的嫩芽，虽然不多，但特别可爱，令人欣喜。山腰上绽放着一两枝黄色的小花，在浓厚的绿色里显得特别耀眼。还有小鸟，闷了一个冬天，再也耐不住寂寞，咕咕啾啾地在树丛中跳跃欢呼。

路上来来往往的行人很多，提着香与蜡烛，皆为善男信女。来这里烧香的人好像比别处更虔诚，见到一个路亭都要点上两根蜡烛几支香。我问了一下，他们的目的地也是雷公寨，当天是元宵节，到山上点支香烛祈求一年平安。

我们顺着公路往前走，走了约1千米，眼前出现一个大转弯，旁边有一条路道直通山坳，叶敏军说这山道叫乌岩古道，是古代公阳通往平和，再通向瑞安营前和平阳山门、水头的主要通道。路面有1米多宽，用天然块石铺设，方的、长的都有，但排列有序，一律被行人的鞋底磨得光滑发亮。据说当年这条路上人来人往，非常热闹，公阳人早上摸黑出发，到营前、水头购物，下午挑着货物回来，顶着星空到家。叶敏军说自己小时候去平和走亲戚，也走这条山路，七八岁的小孩，上山下岭都自己行走，因而印象极深。

岭从公路至山坳并不长，1000多米，路旁皆为百年枫树，仍沉睡在冬天里没有醒来，枝头波澜不惊，像一个个孤寂的老人。路旁有三处古迹。

第一处在半岭处，路边有一块黑色的大石，名为"乌岩"，上面爬满了绿色的藤萝，隐隐约约还刻着字。据说此石很神奇，村民遇到小灾小难时，都来此处烧香，祈求保佑，因而远近闻名，古道也以此得名。前几年有人集资在岩下建了一座庙，取名"乌岩宫"。小庙飞檐翘角，小巧精致。我站在门口往里看，里面被香火熏得黑乎乎的，看不清供奉的是哪一尊神。

第二处古迹便是乌岩亭了。乌岩亭被当地人称为"岩头亭"，建在古道的正坳处，离半岭处的乌岩有100多米。路亭面宽三开间，进深10余米，砖混结构，悬山顶，盖琉璃瓦，南北各设门，作为通道，东向建有矮墙，北向明间后壁设神龛，供奉观音娘娘、土地爷等。神像前的桌上点满香烛，说是路亭，其实更像神庙了。

路亭南北墙外皆有一块路碑，因年代久远，只能认出碑名，南边一块为"昭兹来许"，北面一块为"承前启后"，下面的内容模糊不可辨。回来翻相关资料，幸好有有心人做了记录，南边一块立于清乾隆五十一年（1786）十一月，大致记载的是建亭的原因及建亭经过，说因道长路艰，步行者没有歇息之处，以九星宫住持自见和尚为首，邻近村民共同出钱出力修筑路亭。北面一块为公阳贡生叶标（号赤城氏）于清嘉庆二十三年（1818）所立，碑中记载其父造路立亭之事迹，以及他自己抽出二亩二分的田租作为"烹茶济渴费"，置茶水于乌岩亭，为旅者解渴去乏的事情。这几年爬山，类似的碑记我看到很多，每次读都能感受到来自岁月深处的暖意。

可惜我们见到的已不是自见和尚所建、叶标先生为之供设茶水的古亭了，此亭已于几十年前失修倒塌。20世纪70年代有好心人集资重建路亭，那一次改为木石结构，面阔三开间，进深五柱九檩，四周由规整的花岗岩砌成，内为杂木结构。听当地人说，这里还居住着两户人家。叶敏军当年经过这里时，见到的就是这样的亭子，因那时年纪小，里面住几户人家他已不记得了，但明确记得这里有一间小店，他父母还给他买了一颗糖儿，那糖粒很甜很香。现在所见的，已是第三次重建的路亭了，望着路亭，想着路亭的变化，心里不免就有了沧海桑田的感慨。

从路亭往北，山岭向下，离岭头10多米处，就是第三处古迹了。这是一座石拱门，当地人称"城门洞"。石拱门用粗糙的块石砌成，我粗粗量了一下，拱高近3米，宽1.5米多，厚竟有2米多，我想这里本应有厚厚的木门，但不知何时破损消失了，有村民给其装上了一扇铁制栅栏门，用来阻挡牛羊或野兽。城门两端接城墙，墙体顺两侧山势建造，与山岩连接在一起，将路道

乌岩寨寨门

分为内外两段。石墙上长满灌木、青藤、杂草，树木已高达几米。没人知道城门建于何时，城门石头也许知道，但它不会说话，摸摸它，有一种岁月的沉重感。

门洞内侧，挂着一块文成县人民政府 2018 年 11 月设立的牌子，上题"文成县公阳乡历史建筑上岳头村乌岩寨寨门"，编号为 ZJ-WC-071。山寨？寨门？此牌不禁使人浮想联翩，刀光剑影、热血江湖之类的词语顿时充满脑际。

寨门在此，乌岩寨在哪里呢？我向在路亭休息的香客打听，有人告诉我，雷公寨就是乌岩寨，就是我们东面的高山，我们就处在它的脚下。我查过资料，雷公寨海拔754.7米，处在公阳乡、平和乡的交界处，分界线从山坡延伸至山顶。山顶朝西处，有岩石长长地向外突出，看上去像神话中龙的嘴颊，因而此山原

龙嘴颊

称"龙嘴颊"。传说古时有人觉得龙嘴颊处是风水宝地，就将祖上尸骨寄存此处，但宝地不是人人可享受的，上天大怒，突发雷霆，击毁尸骨。后来又有人在此建寨，改称"雷公寨"。当然，这是民间传说。但我想，此山遭雷击而得名还是可信的。

雷公寨是一座很美丽的山，我曾站在对面的驮尖山上端详过它，远远望去它就是一个绿色的圆锥台，很像日本的富士山，伫立在诸多大山中，显得秀气而奇特。从山脚望上去，却发现山势峻峭，高大挺拔，给人无形的压迫感。

从路亭到寨顶有一条路，是一条狭窄的黄泥路，几十米长，到停车场，再从停车场顺水泥台阶到山顶。水泥台阶不久前刚刚建成，2米多宽，几百步长，从山脚笔直地通往山顶，往上望，冲天而起，摄人心魄。顶上有用混凝土简单砌成的寨门，上挂着"雷公寨"三个字，我顺着台阶一步步往上爬，江湖豪气油然而生。

山顶是一个平台，足有几百平方米，靠东面有一座小庙，有一些年头了，几个人在烧香祭拜，我看了一下，认不出供奉的是什么神，出庙后问了一个虔诚的女香客，她竟然也不知道，只告诉我此神很灵验，吩咐我去多拜几下。山顶上正在建造佛殿，两层楼，庑殿顶，刚落成不久。知情人告诉我，这里建的是伽蓝爷殿，供奉关圣大帝关公。我心中叹息，如此好的地方却建了佛庙，但又想不出此处应建什么好，又觉得建佛庙总比建山寨好，建佛庙至少说明人们生活平安富足。

大山四周山势陡峭，皆为石壁，处在大路坳口处，视线开阔。我心想此处的确是冷兵器时代立寨的好地方，既可观察敌情，又易守难攻。抬头远望，大山、村庄尽收眼底，公阳、平和各村房屋、田园历历在目，双尖、积谷、驮尖等大山云雾缥缈，如梦似幻。

我在山顶转了一圈，却没发现记载此山历史的石碑，问了很多人，也没有人告诉我雷公寨（乌岩寨）建于何时、因何事而建。回来翻看相关资料，也没有定论。沈学斌先生是研究公阳的专家，他在《千年古乡公阳》里也认为雷公寨就是乌岩寨。他认为公阳应是元末吴成七起义军进攻、撤退的必经之路，雷公寨与对面的积谷峰上的山寨遗迹，应该就是吴成七起义军所建的战争工事，因而建寨时间应在1354年前后。

翻阅吴鸣皋老先生的《文成乡土志》，里面有关于乌岩亭的记载：乌岩亭，在雷公寨与峰头山之间的山口中。亭建于清乾隆五十一年（1786），当地人叫"岩头亭"。亭外有石拱门，为公阳村防守外敌要道。唐末抗山贼，明季防倭寇，均以此为要地。文成县文物馆编的《古韵寻踪》一书描述"乌岩寨东寨门"时，也采用以上说法："唐末闽郭太守为避黄巢义军携家迁徙此地——紫华山中（今公阳乡），曾在此率众立屯堡，即为乌岩寨，明时用来防倭寇，为公阳村防守外敌要道。"这里说得很明确，乌岩寨就是郭公所立的屯堡。

郭公是有史料记载的第一个公阳公民。《瑞安县志》记载："郭公阳神，唐末人，郭令公裔孙，逸其名，官闽守。避黄巢乱，徙居紫华山中，贼至，率众立屯堡，设方略，击杀数十人，遂解围去，后殁于此。乡人皆德之，为立祠，其地命名郭公垟。"据此可知，郭公为抵抗山贼侵袭，曾率众在公阳"立屯堡"，但"屯堡"立于何处却不得而知。我认为，将"屯堡"直接与乌岩寨画上等号是有点武断的。据当地人说，在上岳头有一段当年郭公率领当地村民用天然块石修建的防御城墙，长70多米，高约3米，底宽2米多，顶端收口也有1米，有没有可能这就是郭公修建屯堡的地点呢？

反过来想，雷公寨即使不是郭公设立"屯堡"的地方，郭公在此处布置防御工事也还是很有可能的。郭公"立屯堡，设方略”，击败来势汹汹的山寇，说明他是一个有谋略之人。率领一群平民百姓去对抗强大的敌人，要有人和，还得有地利，从地利的角度来说，将山寇放进村庄再打，真不如在乌岩岭居高临下抗击更有胜算。郭公应该懂得这个道理。所以，我推想，郭公设的屯堡就在上岳头处，但防线不止一道，山贼来犯时，在乌岩亭处建造城门，在雷公寨上建造营寨（至少设立瞭望台），以防守来敌，又在上岳头处设一道防线，以防万一。当然，也不能否认吴成七在此设立营寨的可能，吴成七喜欢筑寨，如果他的军队在此驻军，也必定会在此处建立山寨的，只不过他不是在此立寨的第一人。

当然，这一切都是传说和猜想了。但不管怎么说，雷公寨在古代的确是军事要隘，的确设过营寨、发生过战事。1949 年，反动组织大刀会复活，同年 8 月，道首季汝锭在公阳村组织 100 多名道徒暴动，公然反对人民政府，平阳两县大队及时前往平息，道徒溃散，为首者逃到雷公寨负隅顽抗，两县大队战士发起强攻，最后逮捕为首分子 8 人，其余经教育退道解散。

走在下山路上，回头看，先前丝丝雾霭尽数散去，雷公寨美丽的妆容清晰地映入我的眼帘。下方村庄传来阵阵鞭炮声，我才突然想起，今天是元宵节，以当地习俗，过了这一天，春节才算真正结束。新的一年，抖擞抖擞精神，人们又得忙碌起来。

狮岩寨：硝烟散去，留下满眼风景

玉壶诸山，涧深林密，秀美奇崛。其中四座山尤为人乐道：金钟、玉鼓，两峰夹峙，静处水口；大象、狮子，雄踞南北，形神秀丽。

狮子之山大名狮岩寨，位于玉壶镇政府东面。山不高，海拔173.3米，顶部较平坦。狮岩寨南临玉泉溪，峭壁峻崖，险峻异常；北连大山，两山之间有深谷，荆棘丛生；东西接谷地，东面为悬崖，西面为陡坡。山形似狮，头朝西，尾朝东，故名"狮岩山"。因古时人们在山上筑有寨城，又名"狮岩寨"。

文成的山寨，大多与元末吴成七农民军有关。吴成七喜结寨，鼎盛时期，曾筑寨百余，首尾相援。当年玉壶应在吴成七的势力范围之内，其是否在狮岩山上建造营寨，已不得而知。现有史料记载的城寨，是明嘉靖三十一年（1552）玉壶百姓为抵御倭寇侵袭建造的。

明朝中期，兵祸连绵，海寇纵横，社会动荡不安，百姓苦不

狮岩寨

堪言。因兵盗入境，百姓别无他法，只好奔赴险要之地避难。大岿人躲到白云庵，公阳人爬上雷公寨，玉壶人就逃往狮岩寨。《壶山狮岩寨壁记》载，狮岩寨上"有古观一所，可以避寇，民恃为险。正统戊辰，闽括寇千余入境，不能害而去"。

"正统戊辰"，即明正统十三年（1448）。"闽括寇"是指福建沙县和浙江括苍农民起义军，领导人分别为邓茂七与叶宗留，这两人有些本领，分别在福建、浙江带领百姓举旗造反，响应者云集，两者结为盟军，互为呼应，多次击败前来围剿的官兵。

那一年，邓茂七与叶宗留率军入境玉壶，百姓惊恐，携家带口去狮岩寨古观里避难。也许当时邓、叶的军队前来只为筹措军粮，不想节外生枝；也许真的是看到狮岩寨凶险异常，强攻得不偿失，结果"不能害而去"，玉壶百姓凭倚狮岩寨度过了一劫。

比兵祸更可怕的是倭寇。从明洪武二年（1369）倭寇首次进犯温州地区始，至明嘉靖四十二年（1563）戚继光基本平息东南沿海倭患止，倭寇的阴影一直笼罩在浙南大地上，直接或间接地影响着百姓的生活。明嘉靖三十一年（1552）五月初七夜里，月黑风高，1000余名倭寇乘坐13艘海船，在瑞安东浦（今东山一带）登陆，杀气腾腾地向瑞安城扑来，沿途大肆杀人劫掠，形势异常凶险。万幸的是，瑞安知县富有远见卓识，已提前做好防敌准备，军民众志成城，浴血奋战，击退了倭寇。

知县名叫刘畿，长洲（今江苏省苏州市吴中区、相城区一带）人。明嘉靖二十九年（1550）进士，明嘉靖三十年（1551）出任瑞安知县。上任伊始，他就将守疆卫国、抗击倭寇作为头等大事来抓。为了巩固瑞安的城防，刘畿下令招募义勇、打造兵器，扩充组建抗倭的武装队伍。同时因地制宜，利用江边滩涂泥沙，发动瑞安军民在县城南面沿飞云江北岸修筑了一座城外城，取名为"沙城"（老百姓称"泥城"），在县城外围的江边形成坚固的抗倭防线。这道防线在明嘉靖三十一年（1552）、明嘉靖三十四年（1555）的抗倭战役中大显神威。

刘畿也不放松各区域的防卫工作，他亲自到各地巡视、了解布防情况，"下令乡都，俾各编保伍，设险防御"。当时，玉壶为瑞安五十都，当地乡绅百姓遵从命令，组织青壮年，11人为一小甲，22人为一大甲，并设立总甲长，"俱令置造防患器械，无事互相戒约，遵乎礼让，遇警并力同心，防御寇盗"。明嘉靖三十一年（1552），刘县令来玉壶，亲自到狮岩寨察看山势地貌，决定在此筑墙垒寨，防御倭寇。

但筑寨不是一件容易的事，工程浩繁，所需经费巨大，因而意见不一，反对的声音很大，建造营寨之事一度受阻。当地父老胡文轩等人有远见、有胆识，一方面耐心劝说四方，说明筑寨之必要，另一方面带头出资，组织人员开工建造。众人被感动，纷纷加入建造营寨的队伍中，有钱的出钱，有力的出力。捐资不嫌多少，多者三五两，少者数钱，其中胡氏长房胡兆甲以银五十两，购买狮岩寨的前后山场，捐为族人建寨；胡氏泽一公祠田捐八百两建造营寨；瑞安县丞萧山赵侯恰好因公务来玉壶，也欣然捐资赞助。经过数月努力，城寨大功告成，上报知府，刘知县欣然题匾"狮岩寨"，高挂于寨墙之上。

明嘉靖三十四年（1555）春，倭寇卷土重来，调集大批人马，从海上再次进犯瑞安，声势可畏，各种信息飞一般地传到玉壶，有说倭寇强悍难以抵挡的，有说强盗杀人如麻的，也有说倭寇将会入侵玉壶的。乡人惊恐，纷纷奔赴狮岩寨避难。为首者将避难人员根据房族分配到各区，老少妇幼各得其所。青壮年以保伍为单位，分头防守各个关口，做好御寇准备。同时派人与各乡村联系，相互配合，形成掎角之势。倭寇探知此处早有防备，不敢来犯。玉壶百姓依靠自己的智慧与勇敢，凭借狮岩寨的天险再一次保全了自己。

这些事记载在《壶山狮岩寨壁记》上，作者为秦激（号慎斋，居瑞安县城小沙堤）。历史记载，明万历三年（1575），知县周悠延聘秦激，编纂《瑞安县志备遗》，并作《壶山狮岩寨壁记》。此文现录于《瑞安县志》，当年曾刻碑立于狮岩寨上。正面为碑记正文，称颂建寨的背景及经过，赞颂吴门刘侯之功绩。背面上半部分刻《瑞安县编甲立堡告示》，叙述编甲事宜；下半部分刻《建造狮岩寨捐资题名》，记录当年共捐银一千一百零九两四钱七分。

《壶山狮岩寨壁记》还记录了城墙与城寨的大小："不数月，而壁成，约高二丈，址阔一丈五尺，面阔九尺，东西若干步，南北若干步，中为寨房二十余区。"这段记录有些令人费解，按理说，城寨建于1552年，壁记写于1575年，中间仅隔20多年，营寨仍然完好，建造者仍然健在，记录不会有错。但细想其所记数字，又不免产生疑惑。明朝的尺分三种，营造尺一尺为32厘米，量地尺一尺为32.7厘米，裁衣尺一尺为34厘米，此处应为营造尺。高2丈，也就是6.4米；址阔应为墙脚宽度，一丈五尺，约为4.8米；面阔应为顶宽，9尺就是2.88米；其规模有点超乎想象。我查了当年瑞安"泥墙"的数据，只有"高一丈，址宽一丈，面宽六尺"。

寨门

　　为了解惑，我与朋友又一次登上了狮岩寨。岁月沧桑，偌大的营垒只留下西边一截短短的寨门。寨门由块石砌成，分里外两层。外层由块石砌成拱形，里层的顶层铺设条石，上砌石块，顶面相平，虽经多次修整，但基本保持原貌。里面寺庙门口有一块石碑记录寨门的尺寸：寨门高 2.9 米，宽 1.6 米，基脚厚 1.4 米，拱顶厚 0.88 米。我也粗粗量了一下，数据与记录差不了多少。另外，寨门城高 3.5 米左右，城门背有近 2 米宽。

　　城寨南面是一条步行道，道下有墙，仔细察看，这些还不能算是寨墙，只是寨墙脚下的挡土墙。倒是东面有堵 1 米多高的泥墙，泥土结实，墙上长满杂草，扒开杂草，里面有石头砌的挡土墙，我相信这就是当年寨墙的一部分，只是当年比这高得多。我量了一下，窄处有 2 米左右，宽处 4 米有余。我推想，当年筑砌寨墙是因地制宜的，最厚处一丈五尺、最高处二丈左右也是有可能的，当年秦激所记的，也许就是这个最大值。

倭祸之后，明清的几百年历史中，玉壶百姓的生活似乎平稳了许多。当然，遭受兵匪侵袭是免不了的，据说明末清初就有白头军抗清复明活动，其中一支队伍的首领名叫谢旗牌，他带领的队伍就盘踞在瑞安五十都（玉壶），但危害程度似乎并不严重，也没有史料记载有人逃往狮岩寨避难。慢慢地，寨城逐渐倾圮，营区也被清理，此处成了有闲人士游玩抒情之地，也就诞生了许多描写狮岩寨的诗句。这些诗句被收录在玉壶各姓氏家谱之中，其中就有清人胡邦献写的《春日游狮岩》：

> 狮岩磅礴冠壶山，鸟道迂回信仰间。
> 踏草漫思康乐梦，寻春先忆伯牙弹。
> 云山岫嶂阶苔润，风度松杉衲语闲。
> 此日登临添异兴，香花流水迥人寰。

全诗描写狮岩寨的险峻、景色的秀丽、游玩的快乐。开篇一句"狮岩磅礴冠壶山"，备受后人喜爱。

也有写山上一物一景的，其中清人胡万年有诗一首，题为《天雷岩》：

空山云雾窟高寒，知有神雷护翠峦。

为问阿香催几度，卧龙惊起向深湍。

天雷岩是山上一景，《瑞安县志》载："玉壶山沿溪有狮岩，横亘半里许，酷似狮形。岩巅有大岩如裘，名天雷岩。"说岩似"裘"，比喻比较新奇。此石在清时应非常有名，但现在却很少有人知道。狮岩禅寺的伽蓝庙上首阶梯处有一石，滚圆如球，但体积不大，称不上大石，不知是否就是古人所指的天雷岩？

清时狮岩寨已建有寺院，玉壶胡王谟曾写下一首《狮岩远眺》，提到了禅院的景色：

突起狮岩镇石关，萧疏禅院翠林间。

峰巅曾向西南望，苍岭青连大坑山。

《壶山狮岩寨壁记》记载，在明正统十三年（1448），狮岩寨上仍有道观，至明嘉靖期间，道观已经倒塌，留有旧址。明嘉靖三十一年（1552），建造城寨，里面划分二十区，建造避难场所。至清某一时期，营寨倒塌，又有人在此建造佛殿，名狮岩禅寺。慢慢地，一个烽火弥漫的城寨变成了香烟袅袅的寺院。

在土地革命时期，狮岩寨曾经是红十三军的整训营地。

红十三军全称中国工农红军第十三军，于1930年5月在浙江永嘉县建立，军长为胡公冕，政治委员为金贯真，政治部主任为陈文杰。这支部队是编入中央军委序列的全国十四支红军之一，全盛时拥有6000余人。

1930年9月22日，红军将领郑贤塘、陈卓如带领400多名战士，从瑞安陶山移驻狮岩寨休整，在此强化军事训练，总结交流经验，提高作战能力与思想觉悟。在此期间，部队深入群众之中，宣传革命道理，发动青壮年参加革命。不久，红军集训之事被国民党当局所知，国民党当局遂纠集文成大峃、大壤和青田万阜、山炮的民团包围红军。此时的狮岩寨，寨墙不存，在现代武器面前已不再是攻而不破的天险，红军正确分析形势，主动撤出狮岩寨。红军在此集训虽短短几天，却为狮岩寨注入了崭新内容，印下了革命的足迹。现在寨背公路入口处立着题有"狮岩寨红十三军驻地旧址"的石碑。

硝烟散去，岩山仍存。渐渐地，狮岩寨一度演变为村民的田园，有人在上面建房居住，许多村民在山上开荒种作，番薯、白豆、南瓜爬满山坡，呈现出一片山野农家的景象。在2000年前后，山上庙宇仍在，但已破旧不堪。有人集资重建，面东朝西，顺着山坡向上兴建，逐成规模。再后来，又在东、西面建成上山的山道，铺设石阶。民间集资修造水泥公路，相关部门在山顶安装网络基塔，给狮岩寨打上了时代的印记。

2016年，文成玉壶成功入选"国际慢城"，玉壶开始迈开"慢城"步伐，狮岩寨被列为"慢城"的建设项目，当地人在上面建造公共设施，沿山坡铺设草皮，绕山修建步行道。不久，狮岩寨

狮岩寨俯视图

将华丽转身，成为人们游玩休憩的公园。

夏日，站在对面的公路远远望去，狮岩寨乖巧地卧立在玉泉溪旁，山势险峻，树木葱茏。沿着狮岩寨西端石阶走上顶背，寨门静静地立在岭头，从容淡定，好像并没有留下多少岁月的痕迹；寺院大门紧闭，宁静安然；西北角的农房为石木结构，早已人去楼空；西南角的瞭望台树木耸立，荒草萋萋，透过树隙往外望，玉壶楼房鳞次栉比，在阳光下闪着白光，玉泉溪清澈如带，穿过村庄，悠悠地向远方流去。

茗垟寨山：秀丽景色中的迷离传说

"寨山"是一个引人遐想的名字。大峃有一座寨山，在县城珊门村境内，有人考证元末吴成七在此立寨，因此名为"寨山"。玉壶茗垟也有一座寨山，但谁也说不清何时何人在此立寨，寨又在何时消失。大约在民国时期，有一位叫周王友的村民在山顶开荒种地，意外地挖到一个大酒缸，可惜当时的村民没有文物保护意识，竟在抬回家的路上打碎了，后来村民又在此处陆陆续续挖出一些古旧的瓦砾，于是大家坚信在遥远的过去，山上的确有人在此立寨，只是仍然不知道立寨的人是谁，为什么要在此立寨。

茗垟是文成玉壶镇西北方的一个偏僻的山村。从玉壶镇政府出发，沿营朱线往东溪方向行两三千米，再往右顺一条乡道一路向上，路险峻狭窄，弯弯曲曲，行约 5 千米，豁然开朗，呈现在眼前的是一片广阔的田垟，秧苗长势良好，在风中翻着绿浪，赏心悦目。村庄的房屋建在田园最北面，除了一两座特意留下的木屋外，皆为楼房，虽没经过规划，但错落有致，无杂乱之感。

四周都是山，层层叠叠，高高低低，由西北向东南延伸开来，

茗垟（中间的山峦为寨山）

像两条温暖的臂膀，将村庄及这一片田垟拢在怀里。这些山都挺有意思，雌雄山、将军岩、五指山、枪坪山、炮莲墩，不是形态奇特，就是蕴含故事，但让村民津津乐道的还是寨山。

寨山是茗垟的后山，山不高大，海拔只有500米左右，但林木茂密，绿意葱茏，像一条绿毯子，将山体捂得严严实实。陪我看山的是文成县教育研究培训院的周锋老师，他是茗垟村人。他说寨山是茗垟人心中的圣山，很早以前，村民就签订条约，不准砍伐寨山上的任何一棵树木，违约者罚摆酒席，宴请全村老小，标准是每人半斤米、半斤肉、半斤酒。30多年前，一个村民偷偷上山砍了一根木柴做锄头柄，被人发现了，没得商量，他真的被罚宴请全村。不知被罚者当时是什么心情，还在读小学的周锋与小伙伴们却高高兴兴地解了一回馋。从此，再也没听说有谁砍伐寨山上的树木了。周锋还说，老天爷也特别眷顾寨山，周围山上曾多次发生火灾，烧了大片山林，但火龙靠近寨山时，不是被及时扑灭，就是掉转了方向，寨山每次都能幸免于难。

听着故事，寨山在我心目中的形象高大起来。站在山前，我与寨山相对无言。寨山脚下是一条汩汩流淌的小溪，水清澈明亮，从光滑的岩石背上滑过，向村口流去。山上是密密麻麻、高大挺拔的树木，安宁、轻柔、静穆，从内到外，又从外至内，缓缓地散发着神秘的气息，消弭着人欲的俗气。这一刻，无论如何也不敢想象，寨山顶上曾立着一座山寨，这里曾刀光剑影、鼓角齐鸣。

但我还是相信山上的确有过山寨。明洪武五年（1372），茗垟出了一个人物叫周广三，他带领几百人揭竿而起，攻城略地，在温州与处州（今丽水）一带掀起反明的风浪。记载周广三的史料很少，族谱里也找不到他的名字。仅存的资料给周广三的标签只有一个，那就是"逃兵"，好像他是一个不守规矩、无所作为之人，事实真的是这样吗？

在茗垟，关于周广三的传说也被口口相传，有人说他是蒙古边关守军的解粮官，受奸人迫害，逃回家乡举旗造反。虽然传说不能尽信，却引人思考，给我们提供了另一种可能，周广三也许不是逃兵，或者说不是一个为逃而逃的平庸的逃兵。如今我们已不清楚周广三为什么会起事，当时的声势有多大。但从仅有的史料来看，他是一个极具领导能力与军事才干的人物。

《泰顺历史三千年》（陶汉心著）第一节"难以收拾的大乱局"里写到了他："洪武五年（1372），瑞安县茗垟村人周广三——明朝军队的一位逃兵，拉起一支六百多人的队伍，打进三魁，攻破巡检司，处死巡检。"这段记录极具想象空间，茗垟与泰顺三魁相隔100多千米，周广三为什么要大老远去攻打三魁？是一路所向披靡杀到三魁，还是像丧家之犬一样被官兵驱逐到三魁？为什么会有这么多人跟随他出生入死，是周广三极具人格魅力，还是他们具有共同的利益？

周广三还与刘基的命运连在一起，《故诚意伯刘公行状》载："适茗垟逃军周广三反，温、处旧吏持府县事，匿不以闻，公令长子琏赴京奏其事，迳诣帝前而不先白中书省。"刘基就是因为这件事被人诬告陷害，从而被夺俸禄、客居京都的。细想一下，能引起隐居南田的刘基的关注，而且不顾自己的安危令长子赴京奏事，周广三搅动的是一般的风浪吗？这个人会是个贪生怕死的逃兵吗？这里还有一个细节值得玩味——"周广三反，温、处旧吏持府县事，匿不以闻"，这么重大的一个事件，"温、处旧吏持府县事"为什么会"匿不以闻"，是他们做了见不得人的事引发周广三造反，怕被朝廷知道吗？

我向文友高明辉咨询有关周广三的史实，不想明辉给我提供了另一个茗垟人周遂卿的信息，发来《明太祖实录》中的一段摘录："（吴元年二月）壬子，茗洋降贼周遂卿叛。浙东按察佥事章溢遣其子元帅存道合平阳、瑞安总制孙安兵讨之，斩遂卿，获其党六十余人。"

吴元年是 1367 年，而周广三造反是在 1372 年，仅 5 年时间内，茗垟就出现两次声势浩大的针对明王朝的兵事。我们不禁疑惑，600 多年前，在这个偏僻的小山村，到底发生了什么事？这里的百姓经历了一段怎样的苦难历程？

在茗垟还流传着一个故事，说在遥远的过去，茗垟出了一位将军，力大无穷，就住在旁山底的一块80亩的大田边。一次，他母亲叫他去山上砍一根竹子做吹火筒，将军砍了大半竹林也没砍来，因为他的力气太大了，轻轻一捏，竹子就裂了。又有一次，他母亲让他去割些荆棘做农田栅栏，以防野兽进园糟蹋粮食，他却觉得麻烦，去山上搬来两块约1吨的石头，放在菜园的旁边做围墙，这两块石头至今仍在，人们还称这片田为"将士岩田"。还有一次，有人与将军开玩笑说，你力气大，手指坚硬，你能用手指将这石头穿透吗？将军不以为然，将手指插入石头，石头上就留下了5个指头大小的窟窿，至今这个石头还存放在一个村民的家里，被称为"将军石"。后来茗垟出将军的事被朝廷知道了，朝廷就派军队来清剿，皇上颁发了"杀诸垟、留茗垟"的圣旨，以小河为界，小河东边是诸垟，百姓惨遭屠杀；小河西边是茗垟，百姓免除灾祸。

将军石

　　这是一个因果不明、条理混乱的故事，但越混乱，越使人猜想，隐隐约约总感觉编故事的人欲说还休，好像在隐瞒着什么。那他在隐瞒着什么呢？故事中的将军让人联想到周遂卿和周广三，那周遂卿、周广三是传说中的将军的原型，还是传说中的将军是激励周遂卿、周广三起事的精神榜样？

　　当然，故事只是故事而已，时间太久远了，一切都是猜测。但周广三与周遂卿起兵反明是确有其事的，仅有的史料里都明明白白地记录着他们的姓名、户籍及零星细节。我想，如果山顶真有山寨的话，那应该就是周广三或周遂卿在此建造的，是他们或者其中的一个人为自己营造的最后堡垒。

　　2022年深秋，我又去了一趟茗垟，田中的稻谷已经收割，村外的田野显得更加空旷，小河两边的泥路上晒满稻谷，像两条黄色的长卷。我在村人周克星的指引下，顺着一条狭窄的机耕路爬上寨山的山顶。山顶本是田园，很开阔，足有几百平方米。有人在此栽上杨梅，杨梅已高过人头，但管理得不是很好，杂草丛生。我沿着田园边沿走了一圈，想发现点山寨的痕迹，如城堡的墙脚、丢失的瓦片之类，结果当然是令人失望的。我从山顶上往下看，四面山体陡峭，在此立寨，易守难攻，的确是驻军的好选择。

　　站在顶峰，极目远眺。四周的山峦蜿蜒起伏，远处烟波渺茫。周遂卿、周广三走了，融进了历史的烟尘中，但寨山仍在，它静静地耸立着，守护着一方安宁。

亢五峰：无限风光在险峰

亢五峰是一座大山，虽然海拔只有 800 多米，但昂首挺胸耸立在广阔的南田盆地上，威风八面。

我猜想，当年《文成县地名志》（1985年版）的编者对亢五峰是有特殊感情的，在力求简洁的志书里，编者大段引用《南田山志》的句子叙述其高大："亢五峰，在南田乡，海拔803米。因乡境内有五座山峰，唯它最高，故名亢五峰。《南田山志》称：'亢五峰在南田之中心，高与石圃山齐，登而观之，凡泰顺瑞安之山，皆在眼前，隐约可数。惟西向景宁之山，为石圃山所障，不能见也。峰旁有石壁数十仞，峭削雄拔，名狮子头，又有石洞，广袤数丈，俗称鬼洞。'"有意思的是，我翻看了《南田山志》，没找到上述的引文，不知是什么原因。但编者对亢五峰的情感可见一斑。

《文成县志》（1996年版）卷三写当地名胜章节的编者对亢五峰也情有独钟。编者将亢五峰与刘基故里、刘基庙、刘基墓列在一起作为"刘基故里景区"名胜，做了详细的介绍："亢五

亢五峰

峰位于华盖山北向，海拔 800 米，巅上有石如雉堞，咸呈紫红色。清代知县万里赋七绝云："天娇游龙势已穷，敢夸群山一般同。若将五姥峰移倒，极目寒云天地空。'亢五峰附近山上奇崖怪石较多，分别有神仙崖、仙叠岩、老鹰岩以及龙壁洞、石磬洞等自然景观。"章节下又设子目录，详细介绍了这些奇崖怪石的位置、形态及古人的咏叹。

于是，亢五峰成了我的牵挂。每次去南田，我总要向人打听亢五峰的位置、爬山的路径及岩石的样子。但机缘不巧，次次都说要去爬亢五峰，却一次也没爬成。有一次差点去了，南田的刘天健老先生说他带我去爬，我非常感激，但还是拒绝了，让 80 多岁的老人陪我爬山，实在担待不起。

2021年12月10日，风轻云淡，天高日暖，正是爬山的好日子，我约南田的纪孟兵一起去登朱垄山。朱垄山在亢五峰的东面，两峰仅一河之隔。县志上记录的亢五峰附近的仙叠岩、龟寿岩、石磬洞就在这座山上。对这几个景点，我有浓厚的兴趣，不仅因其怪异神奇，更因为它们与南田山名士刘耀东有着密切的联系。

刘耀东（1877—1951），字祝群，号疚庼居士，南田人，明朝开国元勋刘基第二十世裔孙，清廪贡生，浙南宿儒。刘天健老先生就是他的儿子。听刘天健老先生说，1932年3月，他父亲在亢五峰山脚大水桥畔建启后亭，此后开始策划开发朱垄山，准备修建道路，将亢五峰、启后亭及朱垄山上的景观连成一条风景线，并于1934年春着手付诸实施。应该说，这个方案是有前瞻性的，如果成功，几十年后，南田人将因此获益。可惜，当时的村民并不理解刘耀东的所作所为，反而担心修路筑亭会伤及村庄的"龙脉"，惹出祸端，因而坚决反对。刘耀东畏于众论只好作罢，曾写诗感叹："规划鸠工试整容，舆论谴责伤山龙，公鸡失啼牛夜叫，那堪弄斧犯天公。"景区建设虽半途夭折了，但仙叠岩、石磬洞等处留下了刘耀东题写的摩崖石刻。

我们首先去了仙叠岩。仙叠岩很有名，南田妇孺皆知，老纪说他小时候就与伙伴们去山上摘野果，不止一次在岩上玩过。我来之前查了资料，发现明代的刘廌，清代的万里、周兼三都来此游玩过，留下许多诗句，其中刘廌有七绝云："石横品叠个中空，拾级登观瓯括通，非是仙人遗异迹，谁施奇术夺天功。"道尽岩

仙叠岩

石的神奇。仙叠岩高耸突兀，立在朱垄山主峰东边的山脊上，站在公路南山线上就能看见。旧时有山路可通山顶，可我们没有找到，只能沿着山脚田园小道前行，小道没入草丛中，我们就踏着荒草，分开树丛往上爬。幸好山不高，三下五除二就爬到山顶，仙叠岩就耸立在我们面前。

仙叠岩是一个神奇的存在，高 10 余米，由 5 块大石头不规则地叠成，从北面望过去，像两个老人亲昵地靠在一起。岩中有石洞。东面石壁直立不可攀，北面有人工开凿的台阶，顺石阶可入洞，洞可容纳数人。我东寻西找，终于在洞内东向石壁上看到"磊落光明"四个字，字迹模糊不清，字不大，长约 23 厘米，宽约 18 厘米。落款为民国十二年（1923），刘耀东题，字稍小。看来，想将朱垄山打造成一处景点，刘耀东不是一时兴起，至少在心中酝酿了 10 多年。

摩崖石刻："气象万千"

　　龟寿岩、石罄洞在仙叠岩的西面。从南山路望过去，朱垄山中间高，两端低，像一把平放的箭弓。如果说仙叠岩立在弓背上，那么龟寿岩、石罄洞就在西面的弓尾处。上山有小道，但老纪也不知道岩石的具体位置，我们只好在山上转悠，上上下下地寻找。几近失望时，老纪说，上面有一块大石头，上去看看。我努力往上爬，突见一石壁，上刻一个大大的"千"字，喜不自禁，连忙呼叫老纪上来一起看。慢慢才看清，石壁上从右到左刻着4个繁体大字"气象万千"，字比"磊落光明"大出一倍，只是长期被风雨剥蚀，4个字中只有"千"字清晰可见，其他3个字已墨黑一片，但细致辨认也还能看清笔画。大字左旁竖写3行落款"癸酉秋　刘耀东　祝群题"，字迹可辨。整个石刻字形端庄，笔力强劲。可惜字刻在离地 3 米多高处，不能丈量字体大小。仔细看石壁，高八九米，长 20 多米，中有裂缝，将石壁切成好几块，远看像几个石头堆积在一起，但是否像县志说的"崖形如龟"，我没看出来。这应是一块平常的石壁，是刘耀东将之化平凡为神奇的，也许这就是文化之魅力。

石馨洞在石壁上方。站在石壁背面，顺山脊往东十来米，就见一个缩小版的仙叠岩，几个大石头上下堆积一起，呈品字形。石间有洞，呈三角形，两面见光，一个人能从中爬过，但不能坐立。石头右壁平坦处，从右至左刻"透澈"两字，行楷，同样大气端庄，字长宽皆约30厘米。刻字左边的石壁上落款"光绪二十年甲午刘耀东题"，字迹清晰。绕石而行，石背后下刻"祝群讲学处"5个大字，字长约40厘米，宽约23厘米，字迹模糊难以辨认。看着岩石，我像见到了多年未见的老朋友，感觉真的不是一般的好。

从山上下来，人已疲惫不堪。我无力继续登山，只好向亢五峰挥手说再见。回家的路上，我仍处在兴奋之中，但一个疑问也慢慢浮现：光绪二十年，就是 1894 年，当时刘耀东才 17 岁，正是求学时光，怎么会去山上石刻？特别是"祝群讲学处"，下面没有落款，是否与"透澈"两字刻于同一时间？如果是，怎么说也不合情理。因而回家后，我四处打电话咨询，后来，文友雷克丑传来一篇刘耀东写于民国二十二年（1933）十月十五日（癸酉年八月廿六日）的日记：

"石罄洞景象极佳，乱以榛莽，未经点缀，遂使绝好之风景无人过问，此亦一大憾事也。石壁凡三层：下层最大，二层较宽，而高次之，其顶则石罄洞。于前日督工开辟，凿去乱石，遂四面可以通行，洞中之石凿去，遂两面透光。余于甲午之秋，曾登此山，思以'透澈'二字题于洞口，时以少年惧招物议，未敢刻也。迄今四十年，蓄之胸中，未暇及此，兹已将此石洞开辟，遂题'透澈'二字于洞之南，仍署光绪甲午之年，偿夙愿耳。复于北面题'祝群讲学处'五字，盖尝与友约盛夏于此，讲究旧业，实大好事也。第二层之壁题'气象万千'四字，登临之者，当不以余言为妄焉。自十九兴工，至今午毕工，其间因雨而停者二日，计用卅工，费银十馀圆。造成千年遗迹，亦大快意事矣，呵呵。八月廿六日。"

读后释然，"呵呵"两字尽显刘先生得意快乐之情！我去翻《疚庼日记》，又看到刘耀东1924年1月1日（癸亥年十一月廿五日）的日记："予题三叠石'磊落光明'四字，自谓恰切，千载之下，当有知音，昨日刻成，因偕长姊及内子往观，惜先君子已不及见，为可哀也。十一月廿五日午后记。"读刘耀东的日记，犹读美文，真性情毕露，其石刻后的得意与兴奋之情跃然纸面。

终于去爬亢五峰了。去了朱垄山不去亢五峰，就像吃大餐吃了冷盘而没吃到正菜、看大片只看了片头没看到正片一样，心里空落落的。这天是阴天，灰蒙蒙的，有点冷，但我与朋友还是兴冲冲地出发了。亢五峰的位置，老纪在爬朱垄山时已指点给我看过，它就处在南田水库的南边，公路十黄线就从其脚下经过。当时我看到亢五峰时，心中不免有些失望。站在十黄线与南山线的交叉路口望过去，亢五峰并不高大，至少没有我想象中的高大。现在的大山都郁郁葱葱，满山青翠，但亢五峰却荒草萋萋，一片枯黄，没有一点大山的样子。

开始登山，小路弯弯曲曲地往上延伸。山脚下是田园，稻谷早已收割，只稀稀落落地种着些青菜。山上东一棵西一棵地栽着杨梅树，间隔比较疏，树比较小，刚栽上二三年，因而山下看不到绿色。树农很勤快，趁着农闲除草、培土。据说，这几年南田杨梅卖得比较好，因而栽杨梅的人就多了起来，形成了一个新兴产业。不久的将来，亢五峰就会成为杨梅的重要生产基地。上山时，我们不知道往山顶有路相通，只顺着村民栽杨梅开辟的小道往上爬，爬着爬着，没有路了，山上长满了狼萁及低矮的灌木，我与同伴就踩着狼萁往上爬。冬天爬山有个好处，就是不用担心毒蛇，只管憋足劲往上爬，爬不多久，山顶也就到了。

亢五峰其实是一座东西延伸的大山，山脊连绵起伏，东高西低。山顶上皆是岩石，像县志上说的，石如雉堞，但不呈紫红色，而皆为黑色。看得出山上常有人行走，山脊靠近主峰处被踩出了一条小道，还有游人留下的橘子皮、矿泉水瓶。山脊不宽，仅两三米，南北两边是悬崖峭壁，高几十米，稍稍探头俯瞰，南面山下皆是黑黑的石壁。地名志里提到的"鬼洞"就在第二高峰的南面崖壁下，离地二三十米，高不可攀。当地人称之为"白羊洞"，说是旧时洞里藏着一个白羊精，有一天偷吃了一个叫水竹万的人的公鸡。水竹万是不好惹的，学过闾山法术，法术高强，大热天出去担盐，能施法拉一片云在自己头上遮阴，大旱之日能作法求得瓢泼大雨。这个公鸡是水竹万用来谢师的，这个白羊精不开眼，竟把它吃了。水竹万一怒之下，请来天兵天将就要将白羊精灭掉，白羊精也不是吃素的，双方斗智斗勇，最后白羊精被

南田镇俯视图

杀死，水竹万也因被撬掉牙齿，失血而亡。据说整个洞壁呈紫红色，就是被水竹万的牙齿血染红的。

抬头眺望，眼前之景使人顿生豪情。"会当凌绝顶，一览众山小。"站在山脚仰头看，它是一座并不高大的山峰，站在山顶却发现其有君临天下的霸气。远看，山峦烟色苍茫，层层叠叠，就像等待将军检阅的队伍。近看，群山就像低矮的小丘，前几天让我爬得气喘吁吁的朱垄山，此时就像匍匐在脚下的犀牛；华盖山呢，绿意葱茏，就像一条长长的护城墙。大山之间，是广阔的田园与崭新的村庄，道路像一条条飘带，纵横交错，穿行其间。南田镇的房屋俨然有序，欣欣向荣。北面山脚下的水库犹如深蓝的碧玉，赏心悦目，远处是正在建设的工地，机械往来，一片繁忙的景象。四周静悄悄的，没有鸟声，只有风吹过呜呜的声音，山脚下一只白鹭在田园中轻轻飞过。

走下山，我翻看刘耀东的《南田山志》，看到青田名士端木百禄的《亢五峰诗》：

> 何须钓渭与耕莘，
>
> 终古名山毓异人。
>
> 亢到郁离原有悔，
>
> 可知天子不能臣。

石圃山：一半是文化，一半是生活

　　冬日，挑了个晴朗的日子，叫上几个要好的文友一起去爬石圃山。

　　石圃山横亘在南田西南边，海拔1140米，巍峨壮观，因山顶皆是平坦的岩石，故称石圃山。山的西南面是驮湖村，东面是水垟村和西陵村，东北面是叶山头村。有人统计了一下，石圃山山脚及周围有23个自然村，1800多人，他们依附着大山繁衍生息，开荒、种作、筑巢、生子，一代又一代，从岁月深处一路走来，生命和命运与这座大山紧密联结在一起。

一

　　我们首先去瞻仰刘基墓。刘基墓位于石圃山的山脚下，有路直通石圃山顶。黄伯生《故诚意伯刘公行状》载："（洪武八年）三月，上以公久不出，遣使问之，知其不能起也，特御制为文一通，遣使驰驿送公归乡里，居家一月而薨。……公之子琏、

石圃山

仲璟，以是年六月某日葬公于其乡夏山之原。"《文成县志》也有记载："诚意伯（刘基）墓位于石圃山中支山脉山腰间，墓右前为坟前村。墓坐西南，朝东北，为简朴之土茔，仅用鹅卵石依山筑为扶椅式。1985年筑围墙，内占地812平方米。边有刘基六世孙刘启节、十三世孙刘郑臣附葬墓。墓前有一土岗，似龙珠镶嵌于地，墓前（应为墓后）分别有9座山峦汇贯，正中又有品字形笔架山，故俗称其墓地为'九龙抢珠'，风景秀丽。"

　　我第一次见到刘基墓大约是在2003年的夏天。大雨之后，大地葱茏。踩着湿漉漉的小道往上走十几米，一抬头就看到刘基墓。我至今还记得当时震撼的心情。这"三不朽"伟人的坟墓也太简陋了吧，整个坟墓由上下坟坛与墓室组成，四周用粗石砌成围墙，围墙内四周栽种着柏树，墓顶端还栽种着两棵樟树，这些

刘基墓

树看起来不大，其实有些年头了。墓地长满芒草，青翠茂盛。墓前的荒草掩着墓碑，上刻"明敕开国太师刘文成公墓"，入口处立着石碑，上刻"全国重点文物保护单位刘基墓，中华人民共和国国务院二〇〇一年六月二十五日公布，浙江省人民政府立"。我站在墓前，思绪翻飞，突然想起了静卧在俄罗斯图拉野外林间的托尔斯泰的坟墓，想起茨威格的赞美声："他的墓成了世间最美的、给人印象最深刻的、最感人的坟墓。"我想，这样的赞美也可用于刘基墓。此刻，我们又来到刘基墓前，墓门已经上锁，四周用银白色金属网围成两米多高的防护栏，里面还装了监控，整个氛围显得有点不协调，但这样也好，说明保护得更严格了。站在小路上望过去，伟人的坟墓依旧简朴平常，我心中又多了几分敬仰。

二

离开刘基墓，我们往山上走，也许我们与当年刘廌登山时走的是同一条路。刘廌是刘基长孙，刘家第二代诚意伯，封为特进光禄大夫，职官正一品，享禄500石（明代1石约为75千克）。他是正宗的"官三代"，但生活并不如意，最后隐居盘谷，纵情山水。明朝洪武某年的三月十五，春和日暖，刘廌"呼朋唤友作游具，务欲极尽人世欢"。这一次是游石圃山，他与一群朋友先到了山脚的妙因寺。据说这座寺院不简单，为唐时所建，规模宏大，南宋丞相汤思退归隐后就曾住在此庙中，读书交友。刘廌与一群朋友在这里玩得很尽兴，白天"提壶挈榼幽涧边"，聊天、喝酒、拉琴，晚上"夜宿僧房借禅榻"，烹笋、喝酒、坐禅。第二天从寺院出发，"策杖携酒登危巅"，奇峰峭立，怪石罗列，登东山，纵情极目，指点山川，步西峰，有石方如棋盘，摆酒设筵，吹笛、唱歌、吟诗。这次游玩给刘廌留下了深刻印象，回来后，他作《游西陵绝顶歌》详细记录了游玩过程，感叹"虑煎翻思昨日跻攀绝顶上，何不羽化为神仙"，又作诗《三月望日游西陵绝顶和徐仲莹韵》，对石圃山极尽赞美：

鹤岭西陵峰上峰，嶙峋高与玉宵通。

石楼鸟道清冥际，云路龙湫碧汉中。

诗句仙踪题地脉，剑痕神迹动天风。

超然身陟烟霞里，回首尘寰竟不同。

　　我觉得古代的文人比现在的墨客活得有趣，他们无所顾忌地行走在荒山野岭之中，忘乎所以地玩乐，兴致勃勃地吟诗。石圃山是文人玩乐的主要场所之一。我想，如果我有一双穿越时空的慧眼，抬眼望去，石圃山上影影绰绰定然都是古代文人的身影。也许我们上山时踩过的石头，就曾留下他们的脚印，在小道的转弯处，我们刚好与他们擦肩而过。

　　文人游览石圃山的历史可以追溯到几百年前，也许是南宋，也许更长远一点，就有文人将诗词镌刻到山顶的石坡上，可惜风雨无情，将石刻磨蚀殆尽。我们已不知道刻在何处，刻者是谁，刻些什么内容，只看见明时刘虑在诗词里感叹："空余地脉上，何人诗句籀篆镌平坛？"

　　也许，在元代，郑复初也来过石圃山。郑复初乃江西玉山人，进士，曾任处州府录事。他还是刘基的恩师，黄伯生《故诚意伯刘公行状》云："（刘基）讲理性于复初郑先生，闻濂洛心法，即得其旨归。"有人说，元至正十三年（1353），刘伯温任江浙元帅府都事，同年十月，因建议捕捉方国珍，被罢官羁管绍兴。此间，刘伯温曾回过老家武阳，接妻儿到绍兴同住。回家时，刚好郑复初先生也来南田。师生重逢，喜不自胜。刘基陪老师同游南田山水，还登上了南田的最高峰石圃山。按理此说不假，是板上钉钉之事，因为石圃山顶还留着郑先生的题记："郑原善复初，元至正十三年游。"但令人疑惑的是，有人考证，郑复初老先生在处州录事的任上遭人诬陷而去官，于元统元年（1333）前后去世。这是怎么一回事呢？历史就这么诡异。但无论如何，刘基肯定是来过石圃山的，否则怎会知道石圃山脚下这块风水宝地，将自己安葬在此处？

明朝之后，来登石圃山的文人、官员就多起来了。端木国瑚来了，这个清嘉庆年间（1796—1820）的举人、清道光年间（1821—1850）的进士喜游玩，在石圃山上留下了诗句："云围石圃万峰稠，水绕平田百涧流。林静四时遗鹤羽，山深五月有羊裘。移家好逐葛仙去，弃世谁从松子游。叹息文成归未得，南阳零落草庐秋。"

青田县令万里来了。万里，贵州贵定人，清雍正元年（1723）进士，在清雍正三年（1725）至清雍正九年（1731）担任青田知县时把南田游了个遍，曾写下《南田十记》，其中写石圃山的诗句值得一读："一上孤峰万虑清，松涛鸟语杂溪声，须知瑶圃千山外，欲种青芝是处行。"

本地才子韩锡胙、徐绍伟也来了。韩锡胙是青田县城人，字介屏，号湘岩，清乾隆十二年（1747）举人，历任知县、知府，游山后作《登石圃山绝顶》；徐绍伟，号桂岩，南田镇张坳人，清嘉庆年间（1796—1820）恩贡生，修补儒学教谕，登山后作《登石圃山顶远眺》二首，有诗云："石上遗文频洗刷，依稀莫辨倦方还。"

民国年间，刘耀东来了。刘耀东，字祝群，南田人，明开国元勋刘基二十世裔孙。曾担任浙江省资政院议员，松阳、鄞县（现浙江省宁波市鄞州区）、宜兴知县（县长），被誉为"青田三才子"和"括苍四皓"之一。他晚年热衷于挖掘保护地方文化。据西陵人说，刘耀东多次登临石圃山，有一次还是雇人用椅轿抬上去的。他带干粮，搭棚留宿于山上，主要目的是研究山上的文化遗存。他在山上发现多处摩崖石刻，将之记录在《南田山志》"古迹篇"里。他考察文化，自己也成了文化的一部分。

来石圃山的还有丁辅之。丁辅之是浙江杭州人，著名金石收藏家，西泠印社创始人之一，是不折不扣的艺术家。他受刘耀东之邀来文成帮忙开发旅游景点，同来的还有陈叔通等人，一群人游了百丈漈，又游石圃山，却因突遇大雨，半途而还，扫兴之余，丁辅之作诗《游石圃山遇雨》。

我们这一次登山也是从古时的妙因寺处出发的，可惜我们已看不到当年的寺院了，传说明景泰年间（1450—1457）寺院还在，刘家第三代诚意伯刘瑜在出山之前曾在西陵一带养鸭，经常来寺中蹭饭。现在这里已是层层农田，布满稻茬，有几只鸭在田中悠闲地寻觅食物。我们在稻田边看到一个柱础石，造型别致，古朴厚实。村人说，这柱础石就是当年妙因寺的，寺毁后它就成了砌田坎的石头，后被人发现挖出来放在这里。看着柱础石，我想象着当年妙因寺的富丽。

三

登石圃山的难度超出我的预想。从山脚到山顶，竟有几千米的路程。山脚一段还好，因建有西陵村的饮用水池，经常有人行走，路比较开阔。越往上走，山路越陡峭狭窄，路上长满了荆棘，几个人爬得气喘吁吁，有的文友都快累虚脱了。来之前，我们请了西陵自然村的雷海斌当向导。他从小到大不知爬过多少次石圌山。他走在队伍最前面，一边清理着路上的荆棘，一边给我们讲述石圌山的故事。

在雷海斌的心里，石圌山就是山民的生活场所。小时候他与小伙伴就在石圌山上放牛。石圌山脚下是田园，半山之上皆为荒山，是牛羊的乐园。秋后，村民就在路口砌上石墙，安上木门，将牛赶到山上，让它们自由生活，直到冬季天气寒冷才将它们赶回家。春夏时，农作物多了，牛羊需要人看管，小孩就有了放牛的任务。但放牛很轻松，牛放到山上，只要远远地看一眼，伙伴们就聚在一起玩泥巴、捉牛虻、做风车。

年纪稍长，他们就上山砍柴。砍柴需要爬上山顶，翻到大山的另一边，上午早早出发，过了中午才挑着柴回家。因路途遥远，来回不容易，每次他们就尽量多砍点。担重，山道又不好走，少年雷海斌早早地就深切感受到生活的艰辛。

随着时代的进步，慢慢地，砍柴的人少了，栽树的人多起来了。个人栽，集体也栽。20世纪70年代，村里在山上建了一个小林场，派人植树，还在山上建房，聘请人员长期看护树木。没过几年，石圌山就变成了林地。再后来，石圌山栽树的人少了，去的人也少了，断节竹不知从哪里冒出来，疯狂地蔓延开来，石圌山就成了竹子的世界，吸引着远近的人来折竹笋，有折来自家吃的，也有折来出售的。清明之后，南田、西坑的菜摊上就有了新鲜的竹笋。

听着故事，我们的登山队伍也渐近竹林，开始断节竹还是稀稀疏疏的，越往前走，竹林越来越茂盛，漫山遍野都是，最后我们都被淹没在这片竹林之中。这里的竹儿细小茂密，2米多长，像筷子一样站立着，一直延伸到远处。如果现在才给石圃山取名的话，我想也许就会叫它"竹圃山"了。

四

我们从竹林中钻出来，上面就是山顶了。山顶平坦，足有几千平方米，可惜不是古籍中描写的皆为平坦的石头，而是长满树木，树林中间露出几块百来平方米的黑色岩石。也许古时山上没有柴木，大大小小的岩块连成一片，那的确是名副其实的石圃了。

我们在树林里穿梭，寻找古籍中描绘的平坦的石头，又在岩石上寻找石刻。这一次登石圃山，最主要的原因就是想亲眼看一下古人在山上留下的遗迹。关于山上石刻，《文成县志》有详细记录：石圃山上摩崖题记有4处，颇具文史价值。其一，题刻为"窪泉"，边署"淳祐庚戌（1250），藏轩吴硕"。其二，为元代举人郑复初（名原善）题记。先生曾执教于青田石门洞，系刘伯温恩师。题记云："郑原善复初，元至正十三年（1353）游。"其三，为明初无名氏题记。文云："到上金（石圃山东北向村落旧名），今封盒□，国泰民安。"边署："洪武三十一年（1398），处地温□直□。"①其四，为摩崖刻画。作刀、马

---

① 因摩崖石刻上部分文字已难以辨认，故用"□"代替，后同。

等图，线条粗放有力，布局于约200平方米的平坦石坡上，边署
"清乾隆癸卯（1783）"。

但令人沮丧的是，找了大半天，我们始终没发现有价值的石
刻。岩石上的确刻着很多字，但都字不成句，而且刀工粗劣。雷
海斌说，这些都是当年小孩放牛时的随意之作。中午12时许，
我们来到一个叫"马岩石"的地方，这里的岩石面积超过100平
方米。我们在石坡上来回转看，上面似乎有字，但都模糊不清。
朋友突然发现石上有一石刻，像一只小鸟，虽笔画简单，却线条
有力，绝不像随意而为。朋友耐心扫去盖在岩石上的厚厚树叶，
线条就从"小鸟"处延伸出去，"小鸟"也慢慢地幻化为马头，
一匹骏马栩栩如生地站立在我们面前。一群人为之欢呼，大家急
忙在马的周围细找，又隐隐约约看见马头前刻着三尖叉，叉子有
长长的柄子，柄子下面还刻着另一匹马，但这匹马形状与线条明
显差于前者，我怀疑这是有人模仿前匹马画的。但不管怎样，我
们都很高兴，有此发现，也就不枉此行了。有朋友建议再扩大搜
索范围，但我们都已饥肠辘辘，累得不行了。我们没有像刘鹗那
样"策杖携酒"，只好匆匆往回走，到山脚已是下午2点多了。

回来后查找资料，我发现1990年3月12日邢松琪老师已在
相关人员的陪同下，携带野外勘察工具与照相机，背着饼干上山专
门对石刻做过研究，而且写了研究文章《石圃山摩崖题记与兵马岩
画考析》，认为这幅传说中的"仙人画马"实为一幅兵马岩画，岩
画勾勒逼真生动，取笔工巧有致。邢老师经过一番分析，说这幅画

绝非随意临摹之作，而是一幅颇费心机、有独特深奥寓意的画作，三叉刀长枪的枪头，颇像天师之灵刀，而画中之马，是作祸作灾的马神。画下面还刻着作画时间，为清乾隆四十八年（1783）九月九日丑时。农历九月初九为重阳节，时属秋令，正是古人辟邪驱凶求吉的马祭时节。因而该画可理解为道教中天师道的一种驱魔保太平的表现。看完邢老师细致入微的分析，我恍然大悟，但这么飘逸的骏马被视作作恶的凶神，又让我莫名地觉得难以接受。

邢老师在文章里还分析了"石壁天书"，其实这是一处摩崖题记，邢老师对内容做了分析，说题记的内容大意为："大明洪武三十一年戊寅岁六月某日，来到上金迎着早晨的阳光，密封了藏放在宗庙内的恶鬼神主石函，请天师作法咒祭镇符，深埋在直峰垟，以保国运升平万民安乐。"而且，邢老师指明此题记就在马岩画东向 30 米。后来我打电话给邢老师，邢老师告诉我，郑复初老先生的石刻也在兵马岩画的同一岩石上。

摩崖石刻：兵马岩画

五

看完邢老师的文章，我蓦然发现，上次爬山遗漏了许多东西。于是新年刚过，我另约朋友与雷海斌重爬石圃山。这次我们从刘基墓脚出发，沿一条叫直埗的小道往上爬，山道两侧先是丛林，后是漫天的竹林，路上有小溪，溪水一路奔泻，清澈而欢快。下山时，我们走的是另一条小道，丛林里也有哗哗流淌的小溪。山有了水就有了灵性，爬山也有了韵味。

直埗顶端就是兵马岩画。但这一次没多大收获，我们在兵马岩画所在的石坡上四处寻找，没有发现郑复初的石刻题记。往东20米处，有平坦的岩石，上有厚厚的泥层，泥上长满杂草，几人极力掀开草皮，上面的确有人工刻过的划线，却怎么也找不到字。也许是我水平有限，有眼不识荆山玉。也许是时光太残酷了，离邢老师看到"石壁天书"时，时间已过去30多年，一切都被时光吞噬了。

但我还是有收获的。仰头看，才发现兵马岩画处并不是顶峰，西北与东北处各有一处顶峰。我攀着乱石杂木爬上东北面顶峰，山峰侧面松树林立，树上竟挂着条条冰凌，在阳光下闪着光芒。山峰上面布满石头，石头远看是连在一起的，近看又发现有缝隙，相互分开，好像是谁劈开似的。最顶处的石背上，不久前有人在上面刻着草书"高旷绝尘"。这也许是刘鹰爬过的东山吧，他在诗中感叹的"剑痕神迹动天风"，也许就是在感叹这些石头。我们又顺着一条不知谁开辟的便道爬到西北面顶峰上，两峰相距百来米，西北面顶峰上也有许多怪石，乌黑突兀，我不知道这是不是刘鹗所指的西峰，因为始终没找到形如棋盘的平坦岩石。但我看到浙江省测绘局安置的国家测量标志（十几厘米高的方形水泥柱），看来，这里应是石圃山的最高峰了，我用手机软件测了一下，软件显示此处海拔为1153.32米。站在石头上，举目远望，就产生了一种"一览众山小"的豪情，美丽景色一览无余，我想，有这一望，也就不虚此行了。

不知不觉到了午后，又是离开石圃山的时候了。走在下山的小道上，雷海斌向我介绍着石圃山的景色，说西南方向的山上有许多奇异的石头，有像石凳的，有像饭甑的，有像石塔的，惟妙惟肖，以前可远远看见，现在都隐在山林之中了。最典型的景致在山的北边，有水塘，岩石呈凹形，积水经年不干，塘内有许多石头，有人说像一只只乌龟，故称"九龟塘"。

在石圃山脚下，我又看到路边立着文成县文物馆设立的题写着"陵山窑址"的石碑，背后还有说明，这里曾经有许多古窑，古代山民与工匠利用这里丰富的柴草及高岭土资源，烧制、生产茶盏、碗，属龙窑体系。我不禁感叹，爬了两趟石圃山，其实只走了其中的一角，石圃山里还有许多景色等着我去欣赏，还有许多文化元素需要我去品读。看来，还得抽出时间，学习古人提着美酒、带着美食，慢慢上山，慢慢品味，也许等待我们的是另一种美丽的生活。

刺史山：道不尽的古人古事

刺史山位于南田三源村紫阳观自然村。紫阳观自然村是一个只有 200 多人的小山村，一条 3 米多宽的水泥路从村中经过，路旁三三五五地站立着砖混结构的民房。

《文成县地名志》（2021 年版）是这样描述紫阳观的："紫阳观位于村委会驻地南 1.1 公里处。村中原有古刹紫阳观，故名。"但村民习惯将此处叫作"无有观"，有人就戏称为"无油罐"。为什么会有这个名字，村民也说不清楚。我看了一些资料，说是"紫阳观"曾改名"无为观"，也许是"无为观"叫偏了，被叫成了"无有观"。

山不高大，也不险峻，海拔 680 米左右，山顶离公路也就几十米高。有多条山路通往山顶，有泥路，也有石板路，两旁皆是高耸的树木。我爬刺史山时是秋天，苦槠的树叶飘到地上，铺满了台阶。山顶比较平坦，有大片的田园，园中种番薯、玉米、豆子，都已收成完毕，园里只散落着些许番薯藤、干枯的玉米秆与豆秆，看上去显得空旷而荒凉，有点秋风萧瑟的感觉。

山名为刺史山，但因山逶迤绵延，有多个高低大小不同的山顶，因而当地村民大多称之为"十八尖"。它还有一个名字叫"华山"，刘耀东在《南田山志》中称，富韬"卒葬南华山今无为观之东峙"；吴鸣皋老先生在《文成见闻录》中记载："南田三源华山西北深山中，有古寺，名紫阳观。"这里说的华山就是刺史山。

紫阳观俯视图

一

刺史山的山名与富韬有关。

富韬，梧溪富氏一世祖，北宋名相富弼的高祖，原籍河南，仕于唐末，曾任工部郎中、太常寺少卿、松州刺史，妻娄氏。因避五代之乱，大致在唐天祐三年（906）至后梁开平四年（910）期间徙居至南田泉谷，后殁于南田，葬在甘泉里之南、华山无为观侧，因而此山被称为"刺史山"。他的生平事迹，《文成县志》、梧溪富氏族谱、刘耀东的《南田山志》、朱玉玲和郭瑞德编纂的《富弼及其祖裔》都有记录，但很简略，而且内容相差不大。

我猜想，当年富韬迁居南田只是权宜之计，是形势所迫的无奈选择，就像刘基当年选择寄居绍兴一样，等到战火平息，就会搬离南田，迁居家乡。可富韬等来等去，等来的只是政权更迭、烽火连天。于是，他只好在南田建房买田，繁衍生息，一个小家庭在这里慢慢发展为一个大家族。终于等来北宋初定，天下太平，大儿子富谦回到了河南洛阳，但他自己却再也回不去了，他终老于南田山上，他的名字与这座小山连在一起，他的官职成了这座山的名字。

2022年秋天，我站在富韬墓前。这是一座扶椅式结构石室类土墓葬，坐西北朝东南，由墓室、二级拜坛组成，外加拱形风火墙，全部材料皆为花岗岩。墓门前立着一块高1.8米的墓碑，上用楷体阴刻"梧溪富氏一世祖唐松州刺史富韬暨娄氏夫人墓"。墓碑上爬满青苔。

富韬墓

我想当年富韬择定墓地时，这里应该是风景秀丽的偏僻深山，沧海桑田，今天这里已成为一个村庄。坟墓坐落在村庄的中间，前面就是村道公路，左边两三米处就是村民的楼房。据说原来的坟墓已被泥土掩埋，只露出一块石板，村中的小孩不知这是坟墓，常常将之当成石凳来做游戏。1990年清明节，富氏族人集资重修坟墓，后来每年清明节都来祭拜。现在坟墓及周边长满了杂草，杂草在墓碑前随意摇曳，显得有点孤独凄凉。

二

富韬墓往东300米，有一块3000多平方米大小的平地，这就是紫阳观的旧址了。说是旧址，这里已没有丝毫道观的痕迹。公路从这块平地的南侧经过，路旁建着三五间农房，路的北边是大片农田，农田被田埂分成大大小小、上上下下的若干块，田里的稻谷早已收割，有几块种着番薯、青菜，青菜绿油油的，长势良好。

但这里的确就是道观旧址，有文物做证。《文成县志》载，这里曾出土唐至元末的陶瓷残片。三源村书记说，这里当年还存有莲花礤盘、佛塔石，是他与几个青年人从田头抬到公路上，被汽车运送到文成县文物馆保存的。公路旁的房屋主人也对我说，他当年建房清理地基时，下面皆是瓦与碗的残片，当年道观正殿建在田垄里，而他建房的地方是道观的伙房。据专家考证，紫阳观建于唐天宝年间（742—756），规模宏大，气势恢宏，是文成县至今发现的建造最早的道观。

关于紫阳观还有传奇故事，故事还与南田先贤刘基有关。说是道观历经几百年后，由道观变为寺院。元末期间，寺中有僧人50多人，由一位80多岁的老和尚做住持。有一天一位法名为法善的头陀入寺为僧，此人身体魁梧，满脸横肉，武功高强，初入寺时遵规守矩，教习寺内和尚练功学武，慢慢地寺中年轻和尚都尊称他为师傅，他在寺中也有了地位。于是，他开始为非作歹，暗中刺杀了住持，并使用手段铲除异己，掌控了大权。原来这法善本是江洋大盗，杀人放火无恶不作，为逃避官府追捕，遁入深山古寺出家为僧。后原形毕露，假借"活佛"之名欺骗善男信女入寺参拜，在殿内暗设机关，每遇年轻貌美的女子就启动机关，将女子关入暗室，将其奸污。家人入寺寻找，法善便假装派人帮忙寻找，放话说是妖精掳人，一时人心惶惶。恰好刘基弃官回乡，组建义勇队保家安民，得知此事后，就派武艺高强的队员徐昆入寺探访，得到确凿证据后，就让徐昆以香客名义入寺进香做内应，由其弟刘升带义勇队到寺外埋伏策应，终捣毁法善老巢，救出了被关妇女，可惜法善被砍断一只手臂后逃走，刘基为根除祸害，一把火烧了紫阳观。

这只是故事梗概，原故事要比我引述的复杂精彩得多。翻看有关资料，才知这故事来自婺剧，当时瑞安、青田一带都有演出，流传甚广。

南田的刘日泽老师给我发来故事的另一版本，开头两者差不多，只是铲除恶僧的不是刘基，而是一对夫妇。这对夫妇武艺高强，分别被称为"燕青"与"十三娘"。夫妇俩听说紫阳观有和尚作恶，就决定为民除害。寺内和尚名叫飞云，不但武艺了得，更有宝物金绞剪、捆仙索。夫妇俩假扮兄妹，色诱和尚，骗得宝物，然后合力杀了和尚。

比较两个故事，可看出故事的发展线索。也许民间本有故事，有文人以此编写，更有人将之编为戏剧。情节逐渐丰富合理，而且将乡贤刘基引入故事，更加吸引人眼球。只是故事将紫阳观之毁归于刘基，总使人如鲠在喉。

皆往矣，紫阳观已成为一个永远的谜，偌大的道观只余满目

紫阳观柱础石

荒凉。只有一方莲花磉盘、几块柱础石，静静地放置在文成县博物馆的二楼，见证着紫阳观的兴衰。

三

在刺史山中，还有一座刘貊墓。墓穴位于紫阳观旧址上方一二百米处，坐北朝南。刘貊墓始建于明代，民国十一年（1922）重修，为扶椅式花岗岩石建筑，由墓室、拜坛组成，外加1米高的风火墙。墓门中立墓碑，上阴刻楷体"明刑部照磨刘士行公之墓，中华民国十一年（1922）立"字样。字迹清晰可辨。

刘貊（1378—1449），为刘基次子刘璟的长子，字士行，自幼聪慧，勤奋好学，温和善良，孝敬父母，为官清廉。明宣德二年（1427）授刑部照磨金事（正五品），宣德十年（1435）赐老归田。南田镇牌坊坦的"联簪坊"，就是青田县令奉圣旨为纪念开国太师刘基、谷王府左长史刘璟、刑部照磨金事刘貊祖孙三代一门三杰为名士、为忠臣、为孝子而敕建。

史书上对刘貊的记录主要有两件事。第一件事是单骑救父。

当年刘璟从谷王之命，赴景隆军营助其北伐，多次献计没被采用，谷王最终兵败。正逢大雪天，刘璟半夜渡庐沟河，冰裂马毙，于是冒雪赤脚行走了10余千米，脚趾断裂。当时刘貊正在大同，听父遇险，不顾自己安危，骑马前往，日夜兼程，一路向前，终于找到父亲，将他接回家乡养伤。算算年龄，刘貊当时也就是个二十出头的小伙子，有此壮举实属不易。第二件事就是明建文四年（1402），

刘貊墓

朱棣篡位成功，刘璟被朱棣逮捕入狱，以辫发自尽殉节。刘貊听到父亲殉节的消息后，悲痛欲绝，与堂兄刘廌安排弟弟刘虎、刘骁连夜逃亡，自己却毅然上京，亲自扶着父亲的灵柩归葬，并在墓边建了一座小屋，独自一人居此守孝3年。3年期满后，他对父亲仍然非常思念，就在自己的屋边建造祠堂，每天早晨、傍晚到祠内烧香、点烛、瞻仰、跪拜，以致孝思。

　　这件事比第一件事更令人赞叹。在当时，刘家面临灭族的危险，刘貊进京无疑是羊入虎口，九死一生，但他却毫不犹豫，勇敢前行。也许有人说，刘貊所做的，只是为人之子应做之事，但我想，一个人淡然面对生死，无畏无惧，毅然去完成自己应尽的义务，已足以彪炳青史，令人敬仰。

　　刘貊绝对不是一个幸运之人。他生时，刚成家立业，正需家父扶持之时，父亲却为义而死，他只能靠自己的双肩挑起生活的重任。他死后，安葬于无为观，也不得安宁。清乾隆二十八年（1763），其墓因张氏建造墓圈被泥土淹没。光绪七年（1881）冬，刘耀东的父亲刘来韶奔走于省道府县间，要求恢复刘貊坟墓，前后20多年也没得到解决。民国十年（1921）秋，刘耀东以旧谱为依据，提起诉讼，两家对簿公堂，来来去去折腾1年有余，县署终于确认刘貊墓所在，准予在张氏坟围外重新修墓，并立碑纪念。刘貊墓于民国十一年（1922）七月修复完成，不想九月又被张氏家族的人捣毁，因而诉讼又起，直至十二月得到最终答复，重新修墓立碑。民国十三年（1924），青田知事魏在田又发布《青田公署一百四十号布告》，布告前部分说明修墓概况，后部分强调："为此布告地方人民：须知此次修复乡贤邱墓，系本知事企念前徽正风饬俗之意。从此刘照磨公墓域左近之地，永禁樵采，毋许损坏。倘敢故违，定加严究不贷。"刘氏家族将之刻在石碑上，立于坟墓上方的平地上。2012年12月，文成县人民政府将之列为文物保护单位，碑牌立于墓前。我想刘貊若泉下有知，也将备感欣慰。

　　岁月沧桑，旧时深山演变为村庄，无边荒山长成郁郁森林，刺史山上演着一出出人间戏剧，令人感叹，使人沉思。我们离开这里时，已是傍晚，农人们正扛着锄头从山上悠悠回家，一个妇女正赶着一群鸭子从路边走过，时光安好。

五角仙峰：站立在刘基故里的大山

　　武阳四面环山。大山像两只温暖的大手，将村庄与田垟拢在怀里，守护着这一片天地的宁静与温馨。

　　武阳是刘基故里，位于南田镇西北部，距南田镇镇政府4.2千米。村庄四周群山环抱，村前田垟常笼罩着雾气，故名"雾垟"，后演变为"武阳"。清青田举人韩锡胙有诗赞曰："飞鸟悬崖疑蜀道，鸣鸡深处有桃园。云头水漱云千叠，雾脚风生雨一村。"

　　武阳的山很美，高低逶迤，绿意葱茏。如果有人给你解说一番，这些山会更加灵动起来，多出几分神奇：村庄入口，有小山形似乌龟，挡在小溪的出口处，村里人称之为"金龟把水口"；往村里走百来步，面对村口，右边的山酷似宝剑，左边的山像箭弓，因而就有"左弓右剑"的说法；再顺着石板路走到刘基故居门口，对面山峦错落圆润，有人给它取了一个美丽的名字，称之为"寿桃山"，因为几座山连在一起，中间高两边低，又将它叫作"笔架山"；更神奇的是，村前宽大的田垟中坐落着7个土墩，

武阳村貌

排列位置像一把勺子，人们就将土墩与北斗七星联系起来，赋予其一个美丽的名字，叫"七星落垟"。这些高高低低的山，据说形成了神奇的"风水"，因为有这极好的"风水"，700多年前这个极其偏僻的小山村才会出一个"三不朽"伟人刘基。

在武阳，我关注的还有一座山，叫"五角仙峰"。五角仙峰在武阳的西北向，刘耀东在《南田山志》里称之为"武阳尖"，是村庄周围山峦中的最高峰。《文成县地名志》载："五角仙，位于南田镇武阳村。主峰两侧各有两个小山峰，形似五角仙人，故名。海拔982.7米。"远远望去，五角仙峰确由5个山尖组成，形如攥紧的五指，因而当地人又称之为"五指山"。

五角仙峰

五指山的名字是好理解的，但取名"五角仙"就易引发人的好奇心，让人想去探寻"五角仙"的样子。我闲来无事，查阅有关资料，发现仙界并没有"五角仙人"的说法。倒是对"角仙"有一注释：角仙，鹿的别称。北宋陶谷《清异录》载："华清宫一鹿，千年精俊不衰，人呼曰角仙。"我看看五角仙峰，山形并不与"鹿"相似，与鹿也没什么关联。

与村民交谈，一位老人给我提供了另一个说法，说"五角仙峰"原名是"五谷仙峰"，但山上是否有过与五谷仙人相关的遗迹，老人也说不清楚。我查了一下，仙界倒真有五谷仙人。还有故事说人类初创时，饥寒交迫，缺食少药。神农氏为救黎民于水火，冒着中毒、死亡的危险，亲口尝嚼山上草木，踏遍山山水水，尝遍花花草草，历经七七四十九天，尝出了麦、稻、高粱、大豆能充饥，就把种子带回去，让黎民百姓播种；神农氏又尝出了三百六十五种草药，带回去为天下百姓治病，还写成《神农本草经》。为了纪念神农氏尝百草造福人间的功绩，人们尊奉他为"五谷帝仙"。

凑巧的是，前不久我与几个笔友去离武阳不远的黄寮乡黄曲寮自然村采风，看到一座五谷仙庙。庙建在一座山上，山不高，但极其险峻，有好心人筹资在山脚修建牌坊，在山脊修造石板路。石板路极其陡峭，往上爬还好，往下走时令人心惊肉跳。山顶平坦，庙建在最顶端，不大，单层楼，内设神龛，摆着七八个小神像。我想这里离武阳并不远，也许在遥远的过去，这一带山民真的尊崇五谷仙，"五角仙峰"原名"五谷仙峰"的说法也许真有几分可信之处。

五角仙峰对武阳是很重要的。它站在西北方，用自己挺拔的身躯阻挡着冬季寒流，为村民减轻几分寒冬的侵袭；又伸出双臂，挽住东南方涌来的温暖气息，使村庄多了几分湿润。但也仅此而已。我与村民聊天时，他们也想不起以往岁月里五角仙峰给他们带来的更多好处：山势陡峭，不能开垦为田园，也就没有种植农作物的记忆；林木矮小，无柴草可割，也没给村民提供有用的树木。也就主峰边的山背比较平坦，长满青草，有时村民会将牛羊赶到上面放牧。在漫漫岁月里，它默默站立在武阳这个小盆地上，没有一刻离开人们的视线，但也没有被人们所注目。

近年来，五角仙峰及周边突然热闹起来了。这里的山水养育了刘基，刘基也实实在在地给他的家乡带来了实惠。人们以刘基之名开发武阳古村，推进旅游建设，武阳的名字逐渐响亮起来。慢慢地，就有人想起了村庄西北向这座美丽而壮实的大山，将它与武阳堂、天葬坟、刘伯温故居、武阳书院、荷花塘、求学路等一同列入"武阳八景"，并着手开发，在山上修建游步道，建造通山公路，在山脚建设民宿。听说，还有人准备在山顶建造露营基地，打造"观星台"，使之成为一个将科技及自然景色融为一体的景点。

我在网上看到一篇论证武阳风水的文章，有点深奥，我读了半天没弄懂，但有一点意思看明白了，刘氏始祖刘集的墓地风水好，福荫武阳刘基一脉，而刘集墓的父母山五角仙峰是使刘集墓焕发光彩的关键。想想也有意思，五角仙峰站立在岁月的长河里，几百年来默默无闻，没人告诉它与别的山有什么不同之处，也没有人说它蕴藏着什么神奇之处，但说出名就出名了。

但五角仙峰还是五角仙峰，它静静地站立在武阳的一隅，任由人们去粉饰、去赞美、去攀爬、去欣赏。

初秋的一天，阳光灿烂，我与几个笔友一起去爬五角仙峰。先开车，公路陡峭狭窄，开始一段已铺有混凝土，路况尚好。开着开着就是石子路了，坑坑洼洼，开了一段我们就不敢再开了，下车步行，公路在一个山坳处画上了句号。沿着山道往上爬，山道杂草丛生，笔友中有人穿着短裤，脚被茅草划出一条条血丝。但危险不止于此，最可怕的是山上的"葫芦刺"（毛毛虫结的蛹），挂在树与草上，布满毒毛。我十分小心，但还是中了招，手上起了几个小包，又痒又痛。朋友眼尖，发现了一个蜂窝，吓得几个女同胞花容失色，幸好发现得及时，我们没招惹它们，它们也就没有理睬我们。

也有意外之喜。女同胞发现地上长着一个个细小的山卤酥（地稔），这是我们小时候吃的美食。入秋之后，长在路边的山卤酥由白变红，由红变黑，味道鲜甜，放学后我们上山摘来一小袋，吃得满嘴乌黑。我们几个笔友出生在不同的地方，对这些植物的叫法也不一样，没想到却有相同的记忆。女同胞们迫不及待地采摘起来，我知道，她们摘的不是山果，而是童年的回忆。

引起我童年回忆的还有打铳子。"打铳子"是我家乡的叫法，学名叫"鸭脚茶"，想不到这里也有。入秋后，家乡树丛里的打铳子花落了，上面挂满了小酒杯似的果实。小伙伴就到山上取来两头大小不一的小竹管，将一粒打铳子从大的一头塞进去，用圆篾条推到小的一端，再把第二粒塞进去，快速往前推进，在空气的压力下，只听到"嘭"的一声，打铳子就弹出一两米远，很有趣。我们伙伴借之"打仗"，分成两队对打。我想，五角仙峰肯定留有少年刘基的足迹，只是不知刘基是否在山上摘过山果，吃过山卤酥，用打铳子玩过"打仗"的游戏。

山顶离公路不远，只有几百米路程，经过一个山坳往上就到了。站在山顶上，美丽的景色扑面而来，往西是莽莽大山，高大浩渺，绿意翻滚；西北可见滩坑水库，澄澈清透，就像一抹蓝色的彩带。往东，远处可见南田、百丈漈，白花花的楼房映入眼帘，近处，可看到武阳村全景，房屋、道路、荷塘映入眼帘，美得令人心醉。

我突然想起刘濠救人的故事："刘文成曾祖濠为宋翰林掌书，每阴雨积雪，踞高阜，望其突无烟者赈之。""高阜"在哪里？我觉得就是武阳后山五角仙峰。几百年前，天降大雪，刘濠沿山路爬上这座高山，站在某一点俯瞰全村，看看谁家断了炊烟，无米下锅了，就让人拿着粮食前去救济。

这个故事最早记载于张岱的《快园道古》卷一"盛德部"。《快园道古》是一部仿《世说新语》的著作，资料广博，内容繁复，文笔简练，诙谐嬉笑随处可见。书中内容涉及明代社会的各个方面，尤多张岱及其亲属、先世和一些名人文士的逸事，很多都是真实故事。记载刘濠的内容，大概率是真人真事，真的就是刘氏家族世传的家风。也许这才是真正的"风水"，是孕育刘基成长的雨露，它滋润着刘基心田，陪伴着刘基一路前行。

朱阳九峰：居在深闺待再识

阳春三月，朋友晖约我去爬朱阳九峰。

我这个年龄的文成人，大多知道朱阳九峰。它在二源镇朱阳社区境内，是文成县第一批规划开发的旅游景区。1993年3月列入百丈漈省级风景区建设规划，1998年8月开工建设，2000年10月1日对外开放，2004年1月经浙江省政府批准被列为百丈漈—飞云湖国家级风景名胜区十大景区之一，2006年因配套设施滞后等原因关闭。2007年12月，编成《朱阳九峰景区详细规划》，招商引资等待开发，可惜时至今日无人问津，朱阳九峰再回深闺，待人重识。

———

我们是从朱山入口进入景区的。入口处是一座青砖砌成的城堡式二层建筑，脚下杂草丛生，墙上爬满青苔，但仍牢固如初，

景区入口

大门外墙壁上挂着一块"温馨提示"："朱阳九峰景区停止对外营业。"蓝底白字，读起来让人伤感。

虽然破败，但比我想象中好得多了，前一段时间我去看景区另一个入口，入口处是当时著名的建筑"好汉山庄"，其衰败之状比这严重得多，门窗崩坏，屋顶塌陷，庭院荒草疯长。倒是入口内外的两排柏树长得异常旺盛。柏树是景区初建时栽种的，20世纪末流行种植柏树。

从入口往下，是一条峡谷，我记得当年叫"七星峡"，右边是高山，左边是悬崖，石板路紧贴崖脚一直往下，阴暗，陡峭，险峻。台阶还算完整，铁管栏杆却已烂透，锈迹斑斑，东倒西歪。峡谷内长满了密密麻麻的箬竹，有些从石板缝里钻出来，占据了大半个路面。

峡谷的路，在我记忆里很难走，现在比记忆中更难走。很长，茅草、荆棘丛生，几处路面被山水冲毁，得脚踩裸露岩石、手抓柴枝藤草才能走过去。

行至岭脚，路况就好得多了。下面是一条顺着山弯绕行的横路，虽有起伏，但大致平坦。路上也长满了茅草与箬竹，背阴处长满青苔，但比岭上好走许多。途中遇见一两座凉亭，顶上皆已烂出一个大洞，木柱横梁发霉腐烂。

边走边看山，山色比前几年青翠了许多，一座座奇峰默默地矗立在那里。来九峰之前，我是做过功课的。我翻看了《文成县志》（2019年版），其中对九峰的描述很生动："山峦嵯峨堆叠，奇峰擎天，形象巧变，移步换景，天开画图，宛如岩峰雕塑群。玉笙峰、一剑峰、骆驼峰、大象峰、猴头峰，无不惟妙惟肖，栩栩如生，其大、其高、其势、其神，令人惊叹。"一本志书，对一处景点用尽形容词，可见编者对景点的喜爱。

1996年版的志书，对朱阳九峰的地点、形状、相互间的关系做了介绍。其确定的"九峰"分别是大象峰、天柱峰、三尖峰、白岩峰、石塔峰、将军峰、双屏峰、歧指峰、美猴峰。我又翻阅了《温州市风景名胜区志》"文成篇"，其中朱阳九峰被列入百丈漈—飞云湖国家级风景名胜区十大景区之一，里面有简单介绍："该景区总面积3.40平方千米。主要由玉笙峰、一剑峰、双屏峰、大象峰、猴头峰、将军峰、白岩峰、骆驼峰、三尖峰等九座巨大石峰构成，还有龙瀑、百折瀑、三潭三瀑等瀑布、碧潭为衬托。景区内绝壁擎天，奇峰耸峙。……隆冬时大雪封山，万

玉笙峰

一剑峰

里雪飘，宛如塞北风光，江南实在难得一见。"对照两本志书的内容，我发现九座山峰的名字竟然不一样。这是怎么回事？我想了一下，大概九峰的"九"是虚指，并不确切指九座山峰，而且山名不是当地约定俗成的，而是专家为旅游的需要临时确定的，因而也就出现了志书打架的现象。

这次与我们同行的还有朋友晖的堂叔，他是来给我们当向导的。堂叔叫吴阿杰，与朋友年龄相仿，二源岭头人，参与过景区建设，对景区风物比较熟悉。他一边用刀给我们开路，一边指着景点给我们看。九峰景区最大的特点在山峰，而最大的缺陷就是看峰的角度不好找，我当年游玩时就没看明白，回忆起来印象深刻的只有玉笙峰。这次要写文章，看得特别认真，下定决心要将之看个明白。

白岩峰是明显的。从七星峡脚顺横路向前走一二百米，就有一段岩廊，路从悬崖底下经过，不知这路是天然生成的还是人工开掘的。站在岩廊末端回头向上看，就能看到白岩峰，岩呈白色，在一片青绿色中显得格外醒目，岩面凹凸不平，呈现出各种图案，有像人脸的，有像狮子头的，重重叠叠，犹如一幅天然岩画。

见石塔峰就相对不容易。石塔峰耸立在白岩峰的上方，要抓住树枝身体靠近路沿仰头才能看见，它一边裸露，一边被绿树青草覆盖，说是宝塔有点勉强，说它像一根巨大的春笋倒很形象。

接下来见到的就是玉笙峰了。从岩廊向前，转过一个弯，由游步道往上，没走几步就看到一峰突兀而起，石呈黑色，岩缝间点缀着青草绿树，雄伟而不失秀气，最神奇的是，其外侧长出一根石笋，顶上也高高耸起两支尖角，远望去，确像是某一仙人遗弃在山间的笙箫，让人浮想联翩。

从小道一直往上，就到了玉笙峰的脚下，再往上，是一个观景台，可惜观景台前方树影婆娑，挡住了视线。我不甘心，冒着几分危险，爬到观景台上方的一块大石头上，这里恰好和玉笙峰顶端相平。换个角度看事物的确挺有趣的，山脚下看到的玉笙峰上细小柔弱的"笙管"，在观景台上望过去，却是一块块一米见方的大石块。

这里本是观看大象峰的最佳观景点。大象峰是朱阳九峰最美丽的景致，《文成县志》（1996年版）描述："峰状似大象，两耳生风，翘鼻前伸，当地称大象峰……周围大小崖或如企鹅，或似鳄鱼，或像龙蛙，或作乌龟伸颈，形态万千。"可惜我看了半天也没找到大象，更别说其他小动物了。眼前怪石嶙峋，绿意葱茏，问阿杰，他也说不出个所以然来。也许是我们的观赏能力不够，没找到观赏的角度，也许是奇景十几年没人光顾，偷偷躲在绿丛中不愿再显露真容，结果不免令人有点遗憾。

转个方向，却有令人惊喜的发现。前方一峰耸立，形状与玉笙峰有别，挺拔、尖顶、黑白相间，气势如虹，像一把巨剑倒插在山间，有人赞叹："刺破青天锷未残，昂然倒插天地间。"

将军峰、双屏峰、歧指峰、美猴峰又在另一个山弯内，从横路向上，顺游步道至一剑峰脚下，有观景台，透过前方树枝的缝隙可看见几处奇特的岩石，我们看到了巍然挺立的石将军，也在绿树丛中找到了秀气的歧指峰，但却没找到美猴峰调皮的身影。阿杰对我说，沿着将军峰往里看就是双屏峰，我对照图片，觉得似是而非，也许美丽的屏风也在绿树中与我们捉迷藏呢。

二

走在朱阳九峰的游步道上，只要静下心来，随时都能听到流水的声音，你看不见河在哪里，却时刻知道有一条湍急的河流在山谷里奔腾。从一剑峰观景台下来，转一两个弯，水声就更响亮了。往下走几步，再转一个小弯，一条瀑布就挂在你的面前，这就是龙瀑。

瀑布处是一个山弯，三面高山，正面是直立悬崖，高近百米，瀑布口有水龙喷射而出，摔到岩壁上，溅起白色的飞沫，顺着岩壁跌跌撞撞一直向下，落到水潭里，哗哗地升起层层水雾。整个山弯潮湿而清凉。瀑布下有岩廊，连接两头的道路，从瀑布底走过去，前面是一条很长的山道，岭头就是好汉山庄。有了这岩廊，就多了观赏瀑布的角度，观瀑就有意思起来了，有时太阳照进峡谷，还能看到彩虹。只是岩廊路湿，少有人走，需要格外小心。

对于龙瀑我是有深刻记忆的。大约是2003年五一节吧，学校组织全体老师游九峰。这一天下雨，雨时大时小，但不影响大家的兴致，一群人说说笑笑，欣赏着美丽的景色。经过双屏峰脚下时，就听到隆隆的水声，一转弯，我整个人都怔住了，瀑布像一条怒吼的银龙，从半空中猛扑下来，发出雷鸣般的吼声，震得整个峡谷都在颤动。水流砸到水潭上，水雾翻滚，将整个峡谷都笼罩在其中。

这是我见过的最疯狂的瀑布了，我们坐在揽胜亭里欣赏着奇景，同时也讨论着一个问题，我们该怎么去好汉山庄？景点设计者大概也没想到这种情形，没有在瀑布外另开一条路，要去好汉山庄，就要从瀑布里面的岩廊经过。幸好那时我们都还年轻，犹豫了几分钟，就决定冲过去，如今想想，那真是一个冒险的决定，瀑布底下水汽弥漫，人在里面走，就像在水里游，睁不开眼，透不过气，大家用雨伞遮拦，伞一下子被水漩掀翻。有几个女老师被这气势吓着了，蹲在瀑布底下哇哇大叫，幸有"白马王子"相救才脱离险境。这雄伟的瀑布，这惊险的经历，同事们过了很久谈起来，仍感叹不已。

我也见过龙瀑冷峻的一面。应该是 2005 年的元旦吧，天气预报说九峰下雪，我与妻子就带着女儿去玩。那天很冷，风大，但积雪不多，我们站在好汉山庄入口处，并没有见到万里素白的景象，心里都有点失落。

我们顺着石板路往下走，当站在龙瀑面前时，我们的失望顿时转为惊艳。呈现在面前的是一条冰瀑，从出水口一直铺到岩廊的上方，长几十米，宽五六米，紧紧地贴在岩壁上，雪白、宁静。奔放的水流几乎凝固停滞在那里，却仍保持着流动的姿态，冰面

冰瀑图

上波纹叠积，凝结着流动的皱缬。水还是有的，顺着冰瀑往下淌，细细柔柔地、悄无声息地飘落在深潭里，只不过此时的水潭早已结冰，成为冰潭。整个峡谷寂然无声，没有风，没有鸟鸣，更没有水声，我听到的只有自己呼吸的声音。

现在，我又站在龙瀑脚下，似乎一切没变，瀑布潇潇洒洒地奔流着，水潭依旧，流水清澈。潭边的大石仍在，揽胜亭仍存。我也去瀑下岩廊看了一下，好像也没什么变化，只是石栏杆崩坏了几处。河滩上芳草菁菁，扁叶的我是认识的，叫"菖蒲"，水边植物；圆叶的我不认识，我查了一下，有一个很好听的名字，叫"冷水草"，在河滩上铺展开来，鲜嫩可人，不忍踩踏。

看完龙瀑，阿杰带我们去三潭三瀑。三潭在龙瀑的下方，沿刚才的来路往回走，在某一点顺着一条坑坑洼洼的泥路往下。当年这里也是有游步道的，现在却连一块石板也没有了，路上满是荆棘，木桥也已腐烂。阿杰说，3年前他从这里经过，路况比现在好许多。

看见瀑布了，60多米高，水流哗哗地从水口挂下来，义无反顾地冲到下面的岩石上。瀑下有潭，绿油油的，不知其深浅。我们在潭边擦了一把脸，喝了几口水，水清凉甘甜。阿杰指着瀑布说，这岩壁上有深洞，他小时候爬过，不知深浅，我听了就有爬洞的冲动，可惜此时已没力气探险了。回头看，下面连着几截悬崖，流水从悬崖而下，形成瀑布与深潭，一样的壮观与清幽，水漫出潭口，顺着山谷悠悠而去。

三

近几年我爬过很多山，有一个发现，原来每一座山、每一个角落过去都居住着人。平民百姓为了生存，没有多少选择余地，只要有水源，能挖出几块平地，就落地安居，开山种作，开枝散叶。九峰地偏山陡，居然也有人在此安家。

从九峰往回走，阿杰带我们抄近道，从七星峡脚下顺着一条山路往二源岭头走。这是一条古道，从岭头到九峰再到玉壶，偶尔还有人行走，因而路还在。这一段当年没被划入九峰景区的范围内，但路两边也有许多景致，阿杰一边走，一边指给我看：观音刀岩、米筛岗、老鹰峰、滴水洞……如果将这里也划入开发范围，九峰也许会多出许多景点。

再往上走，我就看见村人的居住点了，有的在垲底，有的在路边。房子已经没有了，瓦片横梁也没看见，大约是人走时连带搬走了。但房子的石墙仍在，仍能看出房屋的布局，屋都不大，中间是正房，两边是灰铺猪圈牛栏，我想当年人们在此居住虽很艰苦，但一定很温馨。阿杰说当地人称九峰为"坑下垟"，这里又有一个小地名叫"驮月辟"，当年居住在这里的有几十人。前面的一处山弯本是一片田园，是居民晒番薯丝的主要场所。秋收时节，村人聚集在这里，非常热闹。现在望过去，只有郁郁森森的树木，再也没有田园的踪迹。

这里还是革命老区。1949 年前，烈士赵体瑾与他的同志就经常来这里开展革命活动。形势严峻时，他就隐蔽在九峰路边的三角岩洞里。当地百姓给他送菜送饭。阿杰说，岭头村里有一个老人叫邱碎花，80 多岁了，是本地人，七八岁时，替赵体瑾送饭，断断续续送了 3 年多。

我查过赵体瑾的资料。赵体瑾又名赵胜韩，绰号"金牙齿"，龙川横山村人，世代务农，家境贫寒。1937 年春，兄弟三人先后入党，入党后不久便"脱产"干革命，积极向周围的呈树、长降、大会岭头、里村等村发展党组织，并逐步扩展到谈阳、玉壶诸地。1940 年前后，发动贫民"闹荒""抗丁""抗捐"，教育全家为革命出力。1944 年 2 月，赵体瑾任玉壶区委书记。赵体瑾全家闹革命，使国民党反动派感到惊恐。"闽浙赣三省边区绥靖指挥部"通报三省各县缉拿他们兄弟。同年 4 月 3 日，中统特务胡宽与叛徒胡克浪密谋，在谈阳东山岭头坳将赵体瑾杀害。

在九峰游步道旁，我们也看到了赵体瑾容身之处，这是一个巨石靠在岩壁上形成的三角形的岩洞，里面能容两三个人，但两头通风，根本不能遮蔽风雨。我不能想象革命者在这里是怎样度过漫漫长夜的；这里离邱碎花的居住地有两三千米，我也不知道一个七八岁的小姑娘独自行走在这荒凉的山道上是否会感到害怕。

如今，居民已全部迁移，曾经热闹一时的景区也慢慢淡出了人们的视线。但我知道还是有人关注这片土地的。从山道上走过，常常会看见系在树上的红丝带，这是野外活动组织来爬山时留下的，有温州市区的，也有瑞安、平阳的。我在网上也常常看见展示九峰景区的视频与文章，有叙说游玩过程的，有介绍景区过去与现状的。阿杰说，当地百姓也关注着这个景区，热切期望景区重兴。我想，山还在，水长流，总有一天，这一片美丽的景色会以崭新的面貌呈现在人们面前。

蟾背山：文成的教育圣地

蟾背山在哪里？对这个 20 世纪 70 年代人们还耳熟能详的地名，现在大多数人已是一脸茫然了。其实，它就在文成县人民政府大院内，县府礼堂坐落的山丘就叫"蟾背山"。它高七八米，形如蟾蜍，因而古人称其为"蟾背山"。白云苍狗，沧海桑田，谁能想到，现在文成的政治中心，竟是文成县域中学教育的发源地。瑞安中学曾在这里驻足，文成中学从这里起步，这里是文成名副其实的教育圣地。

据赵运图老人描述，20 世纪 40 年代前，蟾背山四周都是田园，山上是孤坟、菜地、番薯园。园地边、荒地里稀疏地长着桐树、柏树，荆棘丛生，满目荒凉。唯一的建筑是王家祠堂（现文成县文联、文成县巡察组办公楼），只有家族祠堂祭祀时，山上才有几分热闹。

1941 年春，中国大地战火纷飞，生灵涂炭，国难激发了民族的斗志，也唤醒了国民的危机意识。大峃，这个瑞安偏远的西

学校旧址（原王家祠堂，现为文成县巡察组办公楼）

陲小镇，虽然没有战火硝烟，但已深切地感受到国弱被欺的痛楚。有识之士刘子怀、周国春本着教育强国的愿望，携手创办了战时初中学生补习学校（简称"战时中学"），以县长兼校长吕律的名义发布公告，招收初中学生一个班，52人，校址设在蟾背山上的王家祠堂，开创了文成创办初中的历史。从此，蟾背山告别了孤寂，每天书声琅琅，活跃着充满青春气息的学生身影。

此时的瑞安县城，战争阴云密布，民众惊恐不安。1941年4月19日凌晨，日本军队在瑞安登陆，县城沦陷，百姓逃亡，瑞安中学师生紧急疏散，四处避难，瑞安人民第一次感受到国破的无助与恐惧。

王超六，瑞安中学校长，一个儒雅秀气的中学教员，在危难时刻表现出士人的无畏与担当，在稀疏的枪炮声中，带领部分师生走出县城，跋山涉水寻求安全的办学场所，最后驻足大峃，将目光停留在蟾背山上。经过反复考察，他决定将战时中学并入瑞安中学，利用其原校舍开设瑞安中学分部。

1941 年 5 月 3 日，日军从瑞安撤退，王校长带领员工日夜抢修校舍，5 月 15 日，大峃分部与本部同时开班上课，两处分设班级，由学生自行选定就读地点。从此，大峃有了正规的中学。

这一年暑期，闷热的荒野吹过一阵清风，给饱受战争煎熬的大峃百姓带来几分欣喜——瑞安中学大峃分部正式挂牌招生了。学校招收秋一、春一各 1 个班学生。学校借用馒头山陈家祠堂作为教室，将王家祠堂改为办公地点，教师大部分来自本部。学校设分部主任 1 人，兼揽学校的教导事宜，其首任为龙川的赵熙先生，翌年由胡哲民接任，后又由滕承基担任。

文成境内的中学教育就这样蹒跚启程了，大峃人民满怀热情地迎接这个新生事物。学校建设顺利推进，仅半年时间，蟾背山上便建造了两座教学楼和一个操场，还安装了篮球架。半年后，大峃分部学生全部搬进新校舍，集中到蟾背山上课，本部也有许多学生转到分部来学习。学校设置了春三、秋二、春二、春一、秋一共 5 个班级。1942 年春，分部又扩大招生，大峃、珊溪及邻县青田（主要是南田）、景宁、泰顺等地的学生踊跃报名，全校招收了 3 个班的学生。由于瑞安又一次沦陷，本部又迁来 3 个班，小小的蟾背山上，学生共有 300 多人。

此时，瑞安中学本部动荡不安，白天疏散，晚上补课；日军来时停课，日军去时复课。1944 年 9 月，日军占据温州，瑞安风声鹤唳，一日数惊。瑞安中学为了确保师生安全，学校东迁西移，先搬到陶山的碧山，后又迁到仙降垟头常宁寺。

这是怎样艰难的求学之路呀！只求放下一张宁静的书桌，但这微小的心愿也成了奢望。这年农历腊月初八，学校正准备期末考试，瑞安城第三次沦陷，师生再次解散。经过再三考虑，学校决定将本部迁至大峃，将原在瑞安城区的本部改为分部。此时，大峃成了瑞安教育的中心。

在艰难困苦的抗战岁月中，瑞安中学的学生备尝艰辛，历尽磨难。在诸多学生中，我找到了周瑞炎老人，采访他时他已95岁了。他是瑞安中学大峃分部1942年的秋季生。他还记得学校的样子：两座教学楼，一座木石结构，南北向，大致在现在文成县档案局的位置，单层三间教室，石头墙，墙上架梁，盖小青瓦；另一座是木结构，东西向，大致在原广播电视台办公楼西侧，两层楼，楼下有两个教室，楼上为教师办公室；操场不大，大致在现文成县纪委办公楼的位置。因时间久远，他只记得部分课程而记不起具体学习内容了，只记得同学们学习很用功，每天都在教室里学习，很少外出活动。学校的体育器械就是几个篮球。也有音乐课，经常教唱抗日歌曲，《大刀进行曲》《松花江上》就是那时学会的，到现在还会唱。

关于同学们艰苦学习的情景，在瑞安中学读满6年的蔡瑞庭老人说得更详细，他在《艰辛的岁月，坚毅的奋斗》一文中这样回忆同学们的"苦读"经历：

当时同学们的学习称得起"苦读"二字，既要熬过战火的熏灼，又要忍受物质极端缺乏的苦楚。我们读初一时课本尚能买到，读初二时便只能向上一届读过的借了，到了读高中时借也借不到了。没有书，只能刻蜡纸誊印，学校里刻，老师动手刻，同学们也自告奋勇日夜赶刻。讲义太多，连誊印也来不及，有些课程只好由老师边讲边在黑板上写，我们边听边记。簿册大都是自己用毛边纸订的，汗手稍放久一点，字迹就化开一片。钢笔、铅笔很难买到，铅笔削得像橄榄核那样还套在钢笔套里用。那时营养极差，同学们大多面黄肌瘦，上午第三节课时本来已是饥肠辘辘，加上要抄大量笔记，手酸臂痛，到第四节课时大都头晕眼花，有点支持不住了。尤其难堪的是，疟疾、疥疮盛行，染上脓包疥疮，又痒又痛又脏，弄得坐立不安，即使治愈，还是瘢痕累累，宛如挂了一身"纪念章"。许多同学在疾病的折磨下只得休学。面对这些困难，同学们都深知国难当头，学习机会来得不易，绝大多数都是"三更灯火五更鸡"拼命用功……

文中描写的也许是本部学生的学习情景，但反映的应是整个瑞安中学学生的学习情况。其实，大峃分部学生的生活更艰难，学习同样勤奋。

1945 年，大峃的中学教育又一次走到了三岔路口。在抗战胜利的庆祝声中，瑞安中学迁回了瑞安县城，不再在大峃设立分部。大峃及周边的学子一下子陷入迷茫之中，又面临着家门口没有中学就读的尴尬局面。幸好，社会名流陈鳞如、王鸿亨勇敢地站了出来，为了使学子无中途失学之虞，他们决定利用瑞安中学分部的校舍继续创办私立中学。因大部分办学资金来自栖云寺的田租，所以学校就命名为"瑞安县私立栖云初级中学"（以下简称"栖云初级中学"）。

在这里，我们要向栖云寺致敬。栖云寺位于大峃镇栖云路的末端山腰上，路以寺名，可见寺院比较壮观。后来寺院被政府征用，改建为"三老"宿舍楼，现已空置没人居住，渐渐消失在人们的记忆里。因时间久远，当时学校的主办人员都已离世，我没查清栖云寺助学的资金数额及资助的办法，也没弄清其助学的缘由与目的。但我们知道的是，由于寺院资金的支持，栖云初级中学终于成功开学，大峃的中学教育得以延续。我们应真诚感激栖云寺的善举。

在寻找栖云寺旧址的途中，我遇见当年栖云初级中学的两个学生。当年的翩翩少年已成为耄耋老人：周月章，87岁；王绍南，88岁。两人在栖云初级中学只上过半年学，但谈起栖云初级中学却有说不完的话，说当时有语文、数学、政治、英语、音美、生物、体育课。生物课很有趣，生物老师带大家去捉蝴蝶做标本，学校还组织他们外出秋游，开展爬山比赛，活动中还穿插军事训练。有一次，学校组织大家野炊，分成四组，进行烹饪比赛，允许学生"偷营"。每组要看管好自己的东西，若看管不好，另外几组可将材料偷走。活动很紧张也很刺激。学校在办学过程中，在原广播电视局办公楼处又扩建了一排平房，学生都要参加义务劳动，因而他们记得格外深刻。

在探访中，我还得知浙江广播电视大学（现浙江开放大学，下文简称"电大"）文成工作站老站长林弼老师也是栖云初级中学的学生。探访时，他已87岁，1946年春季入学，读满三年毕业，因而对学校印象更加深刻。他记得首任校长是陈鳞如，陈校长身材高大，戴眼镜，穿布衫，兜里插着一支钢笔，很威严；后来校长由王鸿亨接任，王校长身材也比较高大，待人很和蔼。学校还组织篮球队，取名"夜鹰队"，林弼老师是当年的篮球队队长。当时全县有一支有名的篮球队叫"飓风队"，两队约好比赛，飓风队轻视夜鹰队，觉得小毛孩不值一提，因而没派出主力队员，而夜鹰队在同学们的呐喊声中越打越勇，竟然把飓风队打败了，成为队里永远的骄傲。

　　上学要收学费，每学年学费大约是3石（180千克）稻谷，因而不是每个家庭都有条件送子女来上学的。即使这样，学校

栖云初级中学1946级学生同学会合影（摄于1985年5月1日）

还是人满为患，1946年春季招收2个班，学生达到114人。1985年，这2个班开了一次同学会，参加的有80多人，大家虽已到中年，但仍如少年时赋诗吟唱，回想当年，快乐犹如少年。

1948年，文成县人民政府正式挂牌，校舍被县政府征用，于是栖云初级中学搬至苔湖娘娘殿（现文成实验二中）；1949年5月，文成解放，栖云初级中学被人民政府接管，改名为文成县立初级中学。从此，文成的中学教育翻开了新的篇章。

80多年的时光并不遥远，但蟾背山上的教育往事已随风远去。有些人有些事是不应被忘记的，他们不是英雄，也没有惊天动地的壮举，但在危难时刻推动文成教育向前迈进，我们应怀着感恩之心永远铭记。在这里，我郑重地记下了他们的名字：

刘子怀，大峃镇第六村人，旧制第十师范学校毕业，原在南京电厂任职，南京沦陷后返乡从事教育工作，战时中学的创始人与负责人之一。

周国春，大峃镇周宅人，先后任教于群益小学、战时中学、栖云初级中学，战时中学负责人。

王超六，瑞安人。1934年毕业于上海光华大学。历任瑞安中学教员、校长。瑞安中学大峃分部的主要创建人。

陈鳞如，文成大峃镇林店尾人，浙江法政专门学校毕业，律师。栖云初级中学创始人之一，首任校长。

王鸿亨，文成大峃镇县后巷人。栖云初级中学创始人之一，曾任校长。

云峰山：山中楼阁倚云端

　　从前有座山，山中有个洞，洞里有座庙，庙里有一个老和尚和一个小和尚，老和尚给小和尚讲故事……

　　提笔写文章时，突然想到这个经典的开头。在这里，这座山名叫"云峰山"，这个洞叫"白云洞"，这座庙叫"白云庵"。据说洞中常有云雾缭绕，因此取名"白云洞"，又因为庵建于悬崖岩洞之中，当地人又称之为"岩庵"。和尚呢？过去也是有的，只是年代久远，不知所名。有证据说，庵中发现一石碑，碑文写着："檀越主金霖率男得善孙良茂等，有山一座，坐本里土名岩山安着，上至山顶及水田，下至本户，左至小坑右至坑为界，乐助本庵为僧二人住持食用。永乐丁酉年七月刻。"碑中写庙中有和尚2人，檀越主金霖以山中收入供奉2人食用。只是不知和尚是否

104

岩庵全貌

是一老一少，老和尚是否会讲故事。还有证据说，永嘉贡生叶榛当年在龙川设馆授徒，于清嘉庆七年（1802）与友人赵君同游白云庵，曾作《游白云庵记》，文中也说有僧陪同游玩，并留之同食。

叶榛在《游白云庵记》中说云峰山与龙川"相去十余里"；吴鸣皋老先生在《云峰山白云庵》一文中说，云峰山"距城东十里"；《文成县地名志》（2021年版）也收有"云峰山"的条目："云峰山，位于大峃镇江外村。山峰常有白云缭绕，故名。海拔700.8米。县文保单位白云庵（岩庵）在此山巅崖下。"提起云峰山，大多数人不知道，说岩庵大家就耳熟能详了，岩庵所在的山就是云峰山。叶榛前往游玩是在清嘉庆年间（1796—1820），那时龙川与大峃分属瑞安的五十一都与五十二都，有山道与水路相通，从龙川来岩庵，走山道，要翻过正出坳，至石坟垟，过苔湖沙垟，通过珊门，才能到云峰山脚下，十余里不是虚言；吴先生写云峰山时，已是20世纪80年代，说距城东十里，有点夸张，但当时的县城比现在小得多，说明云峰山离县城的心理距离还是很远的。现在，云峰山已划入文成县城区之内，与东岩尖、螺丝尖连为一体，呈"C"字形，成为县城东北向的天然屏障。

东岩尖在县城东边，海拔 721 米，站在文成县职业高级中学的操场上一抬头就能看见，底大顶尖，岩石嶙峋，酷似某一型号的隐形轰炸机冲天而起。山顶我去过，1985 年游岩庵时，从岩庵下来，朋友坚持要去爬东岩尖。我们开始爬时已是 11 点了，爬到半山就饥肠辘辘，两脚发软，爬到山顶后，整个人瘫倒在地上。山顶景色秀丽，能见到县城全貌。现在回想起来，所见的情景已经模糊了，只觉得山特别高，满山都是荒草。

螺丝尖我没爬过，只是站在山脚无数次观望过它，心里一直纠结"螺丝"这个名字。从山的正南面望过去，螺丝尖雄伟宽大，实在看不出与"螺丝"有什么关联。直到夏日的一天，我站在城东路伯温酒厂的门口往山上看了一下，才明白过来，呈现在眼前的就是一只绿色的大螺蛳，山体峻峭，顶部为圆锥体。原来地名"螺丝尖"的原义应为"螺蛳尖"，因为从珊门望过去山形似螺蛳。

关于云峰山，吴鸣皋老先生这样描述："东岩尖高矗云天，若山城天然宝塔；螺丝尖峭拔北空，似少妇羽纱拖地；云峰介于两山之中，浑圆翠秀，故又称翠微峰。"来自瑞安的清道光举人蔡少琴在《岩庵纪游序》里写道："此峰高圆浑古，若苞笋，若雉堞，望之有清雄气。"我也站在珊门大道上仔细看过云峰山，右首东岩尖，左边螺丝尖，挺拔险峻，尖如利剑；中间云峰山宽大、平缓，顶部如弓背。望过去，整座山像一条乖巧的鱼，岩庵就像是鱼的眼睛，顶部就如鱼浑圆的脊背。三座山，险夷相间，相映成趣。

从山脚至山顶有山道相通，也有公路，经过周壤，绕一大圈到顶部，又在顶部交错纵横，将大大小小的山村连在一起。云峰山山顶四周有上湖坑、下湖坑、明午、漈头庵 4 个小村落。据说当年分属周边各个村庄，后来 4 个自然村分别从所属的村庄分离出来，组成江外村。2019 年，江外村又与西山村、江底村合并成一个大村，即江山村。

连接 4 个自然村的公路恰好绕云峰山一圈。站在公路南段的某一点，往上可见山顶，山势平缓，并不觉得高大；往下看是百丈悬崖，危岩直立，险峻异常。岩壁下有岩洞，很早以前有人在洞中建造寺庙，因而就有了著名的岩庵。

岩庵建于何时呢？《瑞安县志》记载，殿建于明万历间（1573—1620）。但永乐丁酉碑（碑文见上文）记录了珊门金霖相助岩庵僧人的事，如果碑记无误的话，说明岩庵应建于永乐之前，因而吴鸣皋老先生推测，"古庵创建时间，至晚亦在宋元间"。

近年来又有新说。1992年3月，浙江省考古学会会员郭瑞德等人在文成县领导的安排下，对全县风景旅游资源进行排查考察。经过认真论证，作有《岩庵创建于唐代考证》一文，并将之刻碑立于岩庵之旁，文章认为岩庵的初建时间应为唐朝。证据有二：一是《瑞安县志》收录有吕洞宾的诗作《游岩庵》，二是文成境内在唐时有修建寺庙的史实。

吕岩，字洞宾，道号纯阳子，生于唐贞元十四年（798），是"八仙"之一吕洞宾的原型人物，后人尊称其为"吕祖"。据郭瑞德等考察人员考证，吕洞宾当年的确游过岩庵，并作诗《游岩庵》："山中楼阁倚云端，极目烟霞万里看。法鼓应雷通世界，禅灯映月照蒲团。风吹洞草三春暖，水溅岩花六月寒。唯有紫微星一点，夜深长挂石栏杆。"从诗中可以看出，当年山上已建有寺庙。这首诗虽然被很多人所熟知，但大多数人认为此诗是后人假托吕洞宾而作（吴鸣皋老先生就认为此诗是假托无疑），而郭先生与考察组成员在考察百丈漈时，在二漈发现一道庐址，庐址附近有摩崖题记一处，上书"唐咸通丙戌秋，回道人吕岩记"。这个发现就能说明吕洞宾当年的确来过文成，游了百丈漈，也游了岩庵。在游岩庵时，留下此诗也是理所当然之事。而且全诗意境清新，文笔赡丽，不但与岩庵地理相符，而且与吕洞宾其他诗作风格相似。

文成虽属浙南山区，但宗教建筑具有悠久的历史，唐天宝间（742—756），南田三源已出现无为观；唐元和三年（808），西坑建成安福寺；唐元和十五年（820），大峃又建成七甲僧院等。因此，同时期建成岩庵完全有可能。此论是否可信，我不敢妄语。我后来翻看有关资料与网络视频，许多人都接受了这一结论，在介绍岩庵时都将初建时间定为唐朝。

虽然很难确定岩庵的初建时间，但能明确在明末至清朝期间，岩庵已成为著名的景点。寺庙的规模在此期间不断扩大，先后在岩庵的东侧建造了地藏王殿和观音阁，在东边悬崖上建设了许真君殿，使之成为佛道教合一的风景名胜区。游览者纷至沓来，许多名士留下了诗词及文章。

吴鸣皋老先生在《云峰山白云庵》一文中对古代描写白云庵（岩庵）的诗文作了整理，共收录了21首诗、2篇文章。最早的当然是吕洞宾的《游岩庵》，虽然很难断定是否为假托之作，但此诗肯定是现存最早的描写岩庵的诗词，对宣传岩庵起了不可忽视的作用。

明朝有3首。有2首为和吕纯阳诗原韵而作，其中1首的作者为明崇祯五年（1632）时任瑞安邑令的仙游人李灿箕，1首的作者为章观岳，不知其身份。李灿箕另作五言诗一首：

觅砂岭上山，遥指云深处。

砂鼎闭苍苔，白云自去来。

读全诗，有一种灵动之美。诗中说"觅砂岭上山"，可见明朝时云峰山还没建成石阶。

清时有 17 首诗。其中写得最用心的是瑞安举人蔡少琴，他在游岩庵时写了序与诗，序即上面提到的《岩庵纪游序》，诗以岩庵及其周边景点金匮石、仙人床、透天洞等为题，连作 7 首，极力描述山之秀美。

在其他诗作的作者之中，我熟知的有青田的端木百禄与瑞安的孙锵鸣。端木百禄的诗《游白云庵》写出了山之险峻奇绝，值得一读：

携朋直上翠微巅，鸟道羊肠一线牵。
峭壁倒悬疑路绝，奇峰高插讶天连。
不云而雨泉飞瀑，已夏犹寒寺散烟。
我本蓬莱山上客，愿随诸佛共参禅。

孙锵鸣写了 2 首，一首为《青云梯》，有"路向岩心曲曲穿"之句。另一首为《岩庵行》，借物抒情，与其他诗有别：

狂贼缚人如驱羊，壮夫武士走且僵。
闺中乃有常山舌，山城五月飞清霜。
岩庵召峣立积铁，高节直与夫人敌。
贞魂千载霄汉傍，岩虽不勒名不灭。

我曾多次游岩庵，印象深刻的有两次。一次是 1996 年带学生去秋游，从学校出发，步行至珊门，从珊门脚下开始爬岭，那时还年轻，云峰山虽险峻，也不觉得特别难爬。在山上，学生全然不顾佛道清规，像一群快乐的小鸟，叽叽喳喳地在寺庙中跑来跑去，还在大雄宝殿前表演节目，玩得很尽兴。现在想想都要吓出冷汗，当时年轻胆大，竟敢带学生到悬崖峭壁上游玩。

还有一次是 2015 年的农历正月初一，天气晴好，我和家人开车去岩庵玩，想不到车至苔湖山就被阻不能前行，只好下车步行。我们发现停在路旁的车，首尾相连，足有 1 千米长，岭上的人摩肩接踵，特别是十八拐处，上上下下挤作一团。岩庵上更是热闹非凡，礼佛的，闲逛的，人来人往，人声鼎沸。我想幸好神佛道行高深，要不真的会被香客烦死。

2022年夏天，为了写文章，我又独自一人去岩庵，车至岭脚，沿着山道往上爬。山道陡峭，岭脚建有牌坊，岭中有亭，两边树木参天。来之前，我翻看过有关岩庵的资料，知道岩庵除了佛庙道观外，还有许多自然景观，如青云梯、双石烛、晴雨瀑、跳仙岩、滴水岩廊、仙人桥、龙嘴岩、仙人床、透天洞、招客松等。其中双石烛是两根石柱，我当年看过，记得就立在山道左右的山麓中，高数丈，但这次我四处寻找却没发现，也许已隐藏在绿荫之中了。

青云梯就是十八拐，是山道中最险峻的一处。这里原为巉岩绝壁，在两岩之间，修建者因地制宜，下面用粗石沿石壁堆砌而成，路面铺以块石，盘旋回环，弯弯曲曲，共18个弯，因此当地人称"十八拐"。有碑记载，清同治元年（1862），避难的民众为阻止太平军追杀，曾毁掉上山的道路，后由余君廷翰等人倡募重修，认为原来建得不合理，就将路径改为现在的十八拐。清同治二年（1863）秋动工，至清同治四年（1865）冬才完工，费时两年有余。几十米的小道，不仅凝聚着民众的慈悲情怀，也凝结着匠人的汗水与智慧。

堪称风景的还有岭上的红枫。古老的红枫站立在山道两旁，成就了文成著名的红枫古道，起点为珊门村，终点在岩庵背。在一棵树上，我看见一块由文成县人民政府所钉的关于古树群的牌子："岩庵岭古树群，面积1平方千米，平均树高20.91米，平均胸围72厘米，平均冠幅12米，平均树龄286年。最大树高28米，最大胸围356厘米，最大冠幅21米，最大树龄325年。枫香树：

青云梯（十八拐）

113株。"我看过这条古道枫叶红时的照片，美丽绝伦。

往上走就是岩庵。这是两层双檐的房屋，坐北朝南，依悬崖洞壁而筑，面阔五间，内设佛龛，供奉三尊佛像。外面的佛堂墙面绘有壁画，除壁画之外，其余都被修葺一新，雕梁画栋，颜色鲜艳。楼顶直抵岩石，二楼正中挂一匾，上题"大雄宝殿"。

殿外左右有两个水池，绵绵不断有水从上面的岩壁淌到屋檐上，又叮叮咚咚地流到水池里，这就是"晴雨瀑"。雨天水大，水哗哗地倾泻下来，的确有瀑布的气势。我去的时候是2022年夏天，久晴无雨，水流已不能成瀑，但仍连续不断，滴答滴答地落在水池里，给闷热的天气带来一丝清凉。

我顺着导游图在岩庵转了一圈。自20世纪80年代至今，岩庵又增加了很多建筑，规模扩大了许多。从岩庵往西，用天桥接通了另一个山弯，建了聚星楼、五显爷殿、灵霄宝殿；往东，在地藏王殿与许真君殿之间，增建了太阴宫，在岩庵大雄宝殿前，又增建了一座佛殿，木工师傅正在装修，对我说这里将供奉阿弥陀佛。这些庙宇都紧贴悬崖而建，气势雄伟，富丽堂皇。不知是天气原因还是疫情原因，所有的佛堂神庙空无一人，香炉上一根香也没有。四周空气清新，除了知了嘶哑的鸣叫外，没有一点其他的声音。我想此时此刻，真是神佛最清闲的时候了。

我认真找过资料中提到的几个景点，滴水岩廊、仙人桥、透天洞、招客松我没找到，跳仙岩、龙嘴岩、仙人床仍在，只是没有想象中的韵味。只有石门关还保持着原来的风采，它在岩庵背

岩庵石门关

上，两侧山岩壁立，异常凶险，人们又在此修山道盘绕而上。我顺着台阶往上走，路旁有水，水势不大，顺着石壁汩汩下流，背上有亭，建在突兀的岩壁之上，有几分惊险。再往上，是一条笔直的石梯，直冲山顶，我想此处若称为"青云梯"，也很贴切。

石梯顶端是公路，公路离山顶的高度也就60多米。我顺着山脊往上爬，山上长满了1米多高的茅草，找不到路，爬得有点艰难。顶部是几个高低相差不大的山岗，最高峰叫"沙箕寨"。据村人说，元末明初曾有人在此立寨（大概是吴成七的分寨吧）。山顶是一块平地，形如畚箕（当地人称"沙箕"），也许这就是山顶得名的原因。山上早已没有山寨的痕迹，平整后被用于栽种杨梅，看得出种杨梅的是行家里手，杨梅树不高，但长得十分茂盛。站在这里可以看到四周的小山村，向南看，县城的全貌尽收眼底。

　　我沿着原路往下走。行至岩庵顶上，我往西沿着另一条山道下山。这也是一条石板路，路上少有人走，路面铺满了枯叶，路旁长满了野草。山弯处有水，山岗上有亭，顺着山道慢慢走，也给夏日的爬山增添几分情趣。

吴成七寨：古寨巍巍，民谣悠悠

一

元至正十八年（1358）秋天，洞尖山上阴云翻滚，高高耸立的吴王旗在强劲的西风中猎猎作响。吴成七站立在营垒上，举目远眺，坚毅的脸上透着凝重。

吴成七已记不清自己第几次站在洞尖山山顶了。小时候他就爬过洞尖山，他的出生地吴庄离这儿也就一两千米，有山道相通，他跟随父母来摘过山菜，和小伙伴爬过山，站在山顶上俯瞰，天高地阔，给他留下了深刻印象。

后来吴成七到黄坦新凉堂毛家当了上门女婿，从事农耕。但他是一个不安分的人，因为练得一身功夫，有力气，又有胆量，就与伙伴约定，一起去贩卖私盐，几次都从洞尖山下经过。夏季艳阳高照，他大汗淋漓时，也曾想过，有一天有钱了，在山顶上建一座房子，静静地坐在上面享受清凉。

贩卖私盐是刀头舔血的行当，同行弱肉强食，官府打压拦截，时刻会面临牢狱之灾，甚至会有生命之危。终于出事了，元至正十三年（1353）春天，吴成七运盐至瑞邑五十四（今文成巨屿），被官府抓了个正着，盐被没收也就罢了，一群官兵还要抓他与同伴去官府，情急之下，吴成七挥拳反击，不想盐官不经打，重拳之下一命呜呼，吴成七被官府定为犯了谋反罪。

现实将吴成七逼上了绝路，不反是死，反也是死，干脆反了。他约了一群朋友，有武师宋茂四、落第书生支云龙、懂兵法的周一公，在毛湾围栅栏垒寨议事。当时连年饥荒，加之官府欺压，百姓已到山穷水尽的地步。吴成七振臂一呼，响应云集，队伍一下子发展为几千人。于是他在四周高山筑寨，占据制高点，在通往黄坦之门户建立高垟与马坪两寨，在泰顺及闽北方向建立天高、水盘、水牯三寨，在瑞安方向建立牛头、白羊两寨，当然还建立了洞尖山寨。洞尖山位于瑞安、青田交界处，山势高阔，居高临下，观察大岜、黄坦的形势一目了然。他派人在此建造营垒，据兵把守，观察官府动向。

有一段时间，吴成七几乎忘了洞尖山的存在。事情发展得异常顺利，队伍如滚雪球般壮大。于是他于元至正十四年（1354）自称吴王，将王府从毛湾迁至龚宅石鼓楼，向青田、瑞安、龙泉等地四面出击，一路所向披靡，势力范围扩大到处州（今丽水）、温州、婺州（今金华）及闽北建瓯一带，于是他豪情勃发，听取周一公、支云龙的建议，开始开科取士，选拔文官武将，大显一统天下的壮志。同时，他在所到之处建造了100多个营寨，首尾相连，环环相扣。此时，洞尖山只是其中一个小山寨而已，在吴成七心里已无足轻重了。

但风云突变。如果问吴成七最想杀的人是谁，我想非叶琛莫属。当年吴成七把叶琛抓到黄坦王府，以礼相待，想拜他为军师，叶琛誓死不从，他也不勉强，将他送回青田县堂。不想时隔两年，叶琛却领兵来犯，还有同乡刘基替叶琛出谋划策。官兵势不可挡，几个月工夫便攻破了吴成七的外围山寨，向黄坦步步逼近。元至正十八年（1358）八月，叶琛攻破了黄坦王府的最后屏障——马坪寨，将兵马驻扎在际坳塘上，龚宅再无险可守，王府危在旦夕。这时吴成七又想起洞尖山寨，他与宋茂四重新调整兵力，冲出重围，将洞尖山立为总寨，并建立连环七营，占据高位，决心与官兵殊死一战。

此时，吴成七将目光从大峃转向城垟（稽垟），最后死死地盯着黄坦。风停了，山上山下寂静无声。但他明白，叶琛正在排兵布阵，一场殊死搏斗即将开始。

二

2022年冬，阳光灿烂，我约笔友雷克丑爬吴成七寨。

吴成七寨即洞尖山，海拔726.9米。史载，元至正十八年（1358）九月，叶琛命部将陈仲珍引骁勇兵卒三千，自瑞安出其

吴成七寨

（洞尖山）背，击杀宋茂四。吴成七连夜突围，退守百丈林，官兵追杀，追至泰顺筱村，吴成七自缢而死。又有民间传说，兵败之后，吴成七躲在三里外的豺狗洞，被外甥所杀。不管哪一种说法，结果是相同的，吴成七兵败寨破，身殒魂灭。从此，洞尖山改名为"吴成七寨"。后此山属大峃镇金山村，故又名"金山寨"。

克丑对吴成七寨是很熟悉的。他小时候就爬上过吴成七寨，那时他还在读小学，老师带他们春游，大家包里揣着几个清明馍糍，从黄坦的学校出发，翻山越岭到洞尖山山脚，去寨顶没有大道，大家只能顺着山东边的一条小路往上爬。路很窄很陡，老师鼓励大家发扬"一不怕苦，二不怕死"的革命精神，大家终于爬上了山顶，听老师给大家讲吴成七的故事，说他如何刚勇执义、

吴成七寨峰顶景象

英勇无畏，如何寡不敌众、英勇就义。老师讲得声情并茂，同学们听得聚精会神，克丑心中也留下了深刻印象。克丑还记得当年在山顶上的情形，说看到过山寨周围残留的矮小石墙，以及村民在山顶祭拜吴成七的香炉。

如今去吴成七寨便利多了。有公路通到半山腰，有人于2018年集资兴建游步道，铺上台阶，从公路一直通到山顶，山脚下有牌坊，名"迎宾坊"，往上百来米，建有一亭，名"吴王亭"。亭旁是宽阔的园地，种着番薯。再往上，路两旁长着茂密的毛竹、树木，路面上铺满了干枯的树叶与竹叶。

石板路或直或曲地向上延伸，行约2000步，至山顶，此处就是吴成七寨的寨址了。寨址是一块不长草木的荒坪，明显被人整理过，仍留有挖掘的痕迹。整个荒坪呈椭圆形，分为上下两

上山石板路

级，最长处60多米，宽20多米。克丑说，残缺的石墙就在寨顶东面的边沿，我过去寻找，却没有发现，倒是在东南向发现了一堆粗劣的块石，不知是否是当年遗留的礌石。寨顶上立着两块石碑，高二三十厘米，宽五六十厘米，黑乎乎的，凑近能看清字迹，一块刻着"文成县重点文物保护单位吴成七寨址"，另一块刻着吴成七寨址说明。碑上注明立碑时间为1984年4月18日。

　　吴成七在此立寨是无可置疑的。有史为证，宋濂在《叶治中历官记》中说吴成七（吴德祥）"别作新寨于洞尖山，翼以七营，竭力死守"。宋濂与吴成七是同时代的人，他写文章时咨询过多人，因而记录应该没错。而且，文物部门在考察时发现，寨基草皮下存有大量的炭化火烧米（或谷）和古瓷、陶、瓦等残片。克丑也对我说，他小时候爬山时，也见到过炭化米。他说着就四处寻找，真的找到了几块小瓦片与一块瓷片。看四周，悬崖峭壁，危峻异常，的确是立寨的理想之所。

但我对"吴成七总寨"的说法持怀疑态度，毕竟山顶过于狭窄，与我想象中的"总寨"差距太大。既然是总寨，就应有指挥所、议事厅、练兵场，可这里只有几百平方米，比我见过的马坪寨、雷公寨都小，怎能担当"总寨"的职责呢？邢松琪老师曾撰文说，"此寨以其有利地形，本来就是吴成七指派亲兵担任瞭望、联络各分寨军情及发烽火讯号之寨，只不过后迫于形势，一部分起义军退驻这里稍加修固而担当与敌死战之后期总寨"。我赞同此观点。

站在山顶上，天蓝如洗，凝目远眺，四方山峰首尾相连，连绵起伏，四周景色一目了然，青的是山峦，白的是村庄，构成了一幅美丽的人间美景。四处无声，隐隐地听到山下敲打的声音、牛叫的声音、公鸡啼叫的声音。

三

600多年过眼云烟，吴成七已尸骨无存，但关于吴成七，关于吴成七寨，仍有一首歌谣在民间不断被吟诵。

吴成七寨，金银九排，

排排九缸，缸缸九万，

谁人想得，钥匙放在吴庄水口坦。

不知道这首民谣由谁人创作，也许是哪个失意文人酒后写的打油诗，也许是百姓诸多想象的结晶。但民谣浅白易懂，朗朗上口，又与金银有关，因而在文成流传很广，不断勾起人们的无限联想。

几百年来，民间始终相信吴成七兵败后仍存有金银财宝。传说当年吴成七势力强大，已能收取十三省的钱粮，虽为成不了气候的"草王"，但毕竟是王，怎么可能没有金银财宝呢？因而在民谣一遍一遍地吟诵之中，一批又一批人走上了探宝之路。

克丑是龚宅人，他说龚宅就有探宝的故事。龚宅人大多姓吴，但此吴不是吴成七之"吴"，吴姓祖先是清康熙年间从垟井迁徙而来的。据说先到周岙，因受人排挤搬到龚宅，拼命开荒种作，有一天竟挖到一缸金，从此发家，建房买田，娶妻生子——只是不知道到底挖到了多少金银，是不是吴成七遗留之财。

克丑还说，20世纪六七十年代，龚宅村还有吴成七的族谱，存放在一个文化人手里。族谱上有财宝的线索，但隐隐约约、难以揣测。此人日夜研究，带领众人四处挖掘，并去过吴成七寨、稽垟吴成七墓，但一无所获，最后此人突然发疯了，一把火烧了吴成七族谱，从此再无宝藏的线索。

吴鸣皋老先生在《文成见闻录》中记录着邢宅邢邦美去稽垟豺狗洞寻金的故事。说邢邦美在家梦见豺狗洞内有很多金银，以为是某神明给他托梦，于是携着柴刀，提着风灯，去了豺狗洞，凭着年轻胆大，加之对财宝的强烈渴望，独自一人进入洞中。洞时大时小，探洞之路或上或下，弯弯曲曲，洞内潮湿阴森。虽然他仔细察看，四处翻找，但除蝙蝠外，一无所见。后听到洞中有莫名响声，他因为害怕出了山洞，寻宝以失败告终。

时至今日，关于吴成七寨的民谣仍在口口相传，仍然有人或明或暗地顺着民谣的暗示翻找着金银，甚至还有人向文化部门建议，说吴成七的金银就安放在吴庄水口坦，建议开发吴庄，寻找金银。也有人说金银就存在稽垟双尖山下吴成七的坟墓里，要求全面挖掘，找出财宝。不知是想借此发展当地旅游，还是真的受到了金银的诱惑。

600多年过去了，吴成七宝藏成了一个谜，一首民谣更使吴成七的身后事变得更加扑朔迷离。吴成七寨静静矗立，等待着人们去探寻、去叙说。

百丈岩：湮没在乱丛中的时代烙印

　　我家住在大峃西面的山脚下，一抬头，就看见一座峻峭的山峰，山不大，拔地而起，岩如壁立，黑白绿相间，极为醒目。山名响亮，叫"牛头寨"。其实此山并不像牛头，我从各个侧面都观察过，因而只好对自己解释，以"牛头"为山名，大概是两者都比较"凶"，牛比较凶猛，山也比较凶险。牛头寨东面与南面是岩壁，高10多米，宽20多米，高高挺立且向外突出，人站在山脚下，好像山会倒过来似的，惊人心魄。而取名为"寨"就难以揣摩了，文成一带将山上驻过兵的山称为"寨"，如金山寨、马坪寨，是否有哪个朝代在此山上驻扎过兵卒？我翻找资料，有记载说元末吴成七造反，在瑞安（过去大峃属于瑞安）方向建有一山寨，名"牛头寨"，不知是否就是此处。但山顶的确比较平坦，几十平方米大，皆是坚硬的石质结构。

　　山的西面山坡有一条小道，非常陡峭，如果有兴趣与胆气，可沿着小道直达山顶观赏风景。站在山上，凉风习习，视野开阔。

远观，群山围绕，气势磅礴；近看，大峃全景尽收眼底，赏心悦目。放声高喊，估计大峃小半个城区都能听到声音。

但牛头寨也有温柔的一面。月夜，站在文成县职业高级中学的操场上往西望，几座山峰在月光下浑然连在一起，你见到的已不是凶险的牛头，而是一幅美女观月图，这美女梳着时髦的发髻，面目娴静，静静地仰卧着，专注地观赏着皎洁的明月。但这已是前几年的景象了，这几年山上的树木长高了，美女的面目已有点模糊，身体也变得有点臃肿。

这美女的头部是牛头寨，胸部是百丈岩。其实百丈岩比牛头寨高，据《文成县地名志》记载，牛头寨海拔 244 米，而百丈岩高 355.3 米。取名百丈岩，是因为其南面是石壁，高耸直立，

牛头寨

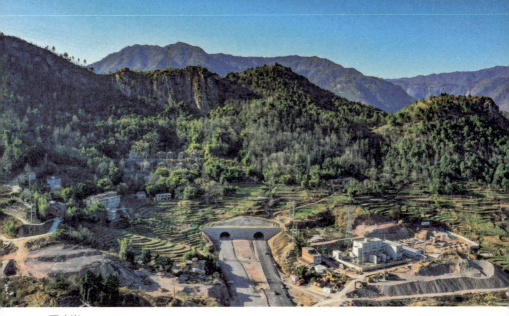

百丈岩

比牛头寨的石壁大出许多,高 30 多米,宽 100 多米,当地人为了体现其大,称之为"百丈岩"。

山脚下有一个村庄,叫百丈岩下,属大峃镇大发垟村,原有居民 300 多人,有陈、周、苏三姓,以陈姓居多,也是此处最早的居民。我翻看陈姓族谱,这里的陈姓开山之祖名叫宗棋,在清嘉庆年间(1796—1820)从大峃镇陈宅移至此处居住,死后也葬于此。

听老人讲,百丈岩下旧时有一座佛殿,规模宏大,香火兴旺。可惜后来被一个野和尚霸占。此和尚五大三粗,武艺高强,欺男霸女,无恶不作。村民恨之入骨,但又无可奈何。有一聪明人想出办法,带领村人偷偷爬上百丈岩顶,开采岩石。夜深人静,趁和尚不备,岩石像雨点一样倾泻而下,砸塌了寺院,砸死了和尚。

百丈岩下从此没了寺院，百丈岩也只剩下九十九丈了。

故事当然不能当真，也许是哪个村民望"岩"生义，将从别处听来的故事搬到此处；也许是寺院得罪了哪个文人，文人编个故事来抹黑和尚。但此处在某个时代也许真的有一座寺院，我问过村民，他们说小时候经常看见地上有细碎的瓦片，前几年还有人来考察，想在山脚下重建寺院。我爬到百丈岩脚下观察，此处有几块几十平方米大的平地，虽然上面长满了毛竹等植物，但能看出来，这里曾经建过房屋。遗憾的是，我在岩壁脚下转来转去，地上已找不到半片瓦砾；上上下下查看岩壁，也始终找不到半点寺院的痕迹。时间就是洗涤剂，已将寺院冲刷得仅剩下一个故事。

寺院没了，大山还在。百丈岩不高，过去从山脚到半山腰皆为园地，有小道通往峰顶。后来园地慢慢荒芜了，人们开始栽树造林，有樟树、枫树、水杉、杨梅树，还有许多叫不出名的树木。树成林了，小路也找不到了，想爬上山顶就多了几分艰辛：坡陡，荆棘多，在丛林里看不清方向，一不小心就要走很多冤枉路。

山顶也比较平坦，东南面皆是树，透过树的缝隙可隐隐约约看到城区的高楼大厦，西北方视野倒很开阔，可以清晰地看见龙川的各个村庄、通往各处的道路及繁忙的工地。

令人惊奇的是，这里竟有两座碉堡的遗址，残垣断壁，默默地卧在杂草乱木丛中。位于主峰的是主碉堡，圆形，内径4米有余；南侧一个碉堡稍小，呈半圆形。碉堡的墙均由块石垒成，厚1米多，用水泥浇灌石缝，现只剩下1米多高的石墙，墙上还留

碉堡

有20厘米见方的瞭望口和枪眼。我初见时猜想这是战争年代的产物，于是翻了县志。县志记载，1947年大峃的确建有两座碉堡，一座在苔湖（现文成县第二实验中学的校园内），一座在峦基岗（在龙川），均与百丈岩无关。后经多方打听，才知百丈岩上的两个建筑是和平年代派系斗争的产物，距今并不久远。因这两个碉堡，本地人又称此处为"高塔"。

碉堡的故事使人感慨不已，大山也是舞台，几出欢喜，几出凄凉。现在，百丈岩又吸引了文成人的眼光，G322国道改建工程从百丈岩下通过，一个山洞连接了樟山与龙川。2018年工程开工，现山洞已经贯通。环城西路从牛头寨脚经过，与建设路相接，牛头寨旁、百丈岩下，这个偏僻的地方一下子变成了交通枢纽。随着樟山片区的开发，也许真的有一天，牛头寨、百丈岩会成为城中之山，成为人们游玩娱乐的好去处。

黄坭岗头：无线电视走过的漫漫岁月

很长一段时间，我都以为黄坭岗头名叫"马山"。

大约是2013年，我整理浙江广播电视大学文成分校（下文简称"文成电大"）的校史资料，多次看到"马山差转台"的字眼，文成电大的创办和发展与它有着密切的联系。于是我开始关注"马山"，并有意无意地打探着它的信息。我一直错误地认为，马山是一座山，差转台建在这座叫"马山"的山上。

直到有一天，在樟台乡的某一处，我又向朋友打听"马山"的位置。朋友的手向东北一指，说，那就是。我望过去，东北边大山巍峨，高低起伏，连成灰蒙蒙的一片。我问："哪一座？"他说："看见半山上的悬崖没？悬崖以上的地盘都是。"我这才知道，马山是一个乡的名字，1952年从塔山乡分置而来，取马岩和山坑岭头俩自然村名首字组成。全乡共15个自然村，划分为4个行政村：樟山、茶岭、底马、外马。1961年称马山人民公社，1984年恢复称马山乡，1992年乡镇"撤扩并"，并入樟台乡，马山乡的名字自此完成了历史使命。2004年，行政村规模调整，

黄坭岗头俯视图

外马、底马合并称"双马村"，樟山、茶岭合并称"马山村"，"马山"两字重出江湖，但已从乡名变为行政村的名字。而我一直寻找的不是"马山"，而是当时马山乡的最高峰，叫"黄坭岗头"，差转台就建在它的山顶上。

《文成县地名志》（1985年版）载："黄坭岗头，在马山乡外马村，因山顶有一片黄泥地而得名，别名马岩山。海拔893.2米，登至山顶可望飞云江出口处。1979年在此山巅建立文成县第一座电视差转台。"这真是一个土得不能再土的名字，土到差转台都不愿以它为名。山也并不高大，893.2米的高度，在文成这个大山林立的地方，实在不算什么。但历史偏偏选择了它，让它作为文成无线电视发展的承载者与见证者。

但《文成县地名志》里记述的"1979年在此山巅建立文成县第一座电视差转台"的说法有误。翻看有关资料，全县首座差转台应建在马山的防空哨上。马山防空哨我也去过，这是一座不高的山，山马线从此山脚经过，从山脚到山顶的高度也就几十米，现在马山村的移动信号发射塔就建在上面。

但马山防空哨差转台只持续了1年多时间。也许是因为它还不够高大，电视信号传播范围不够大，1980年5月，文成县人民政府和温州市广播事业管理局经研究决定，在马山黄坭岗头建造大功率电视差转台。经过近5个月的艰苦作业，黄坭岗头上建成了45平方米的机房及工作人员宿舍一座，1980年10月1日正式启用，转播浙江电视台第一套节目向国庆献礼。该台海拔高、功率大，信号覆盖文成县城及大峃、峃口、珊溪、玉壶、南田等广大地域，受益10多万人，所接收的信号图像清晰、声音洪亮，极大地改善了收视质量，使全县的电视事业发展迈上了一个新台阶。从此，文成无线电视的发展画卷在这个山岗上徐徐展开了。

1986年10月1日，中共文成县委、县政府在黄坭岗头建成马山卫星地面接收站，转播中央电视台1套节目。

1987年，马山转播台新工作机房落成，改善了工作环境和设备机房环境。

1988年12月，马山电视转播台开通中央2套电视节目，全日转播，并更新浙江台的差转机，使县城周围能收看到4套电视节目。

1992 年 2 月，新架马山外马至电视转播台 10 千伏高压电力线路，总长 1 千米。

1995 年，马山微波站开工建设，安装定向电视微波发信机 2 台、1 米抛物面微波接收天线 2 座，同年 11 月竣工开通，向县城传送 2 套温州电视台节目和 1 套温州人民广播电台调频广播节目。

2001 年，县城机房至马山转播台专用传输光缆开通，确保了信号源的安全、稳定。

2004 年 7 月，马山台建造 25 米高的发射铁塔。

2005 年，对原浙江台转播设备进行改造，新购置 1 台 300 瓦电视发射机和发射天馈线，白天转播浙江台节目，晚上转播文成有线台的自办节目。从此，文成有线电视台自办节目实现有线、无线同时传输全覆盖。

2007 年，中央无线工程建设，对马山台高压线系统和低压线路进行改造，保证马山台播出设备用电安全。新增 2 台 100 瓦电视发射系统，分别用于发射中央 1 套节目、中央 7 套节目。投入建设资金 7.7 万元，建设发射场围墙。

2012 年 8 月，安装 1 千瓦手机电视（中国移动多媒体广播电视）发射系统。

2013 年 6 月，马山转播台进行升级改造，电力变压器增容，确保新增设备的用电需求。

2015 年，建造 50 米高的发射铁塔。

这些资料是在文成县融媒体中心工作的朋友从资料堆里翻出来传送给我的。短短几页资料，记载的却是无线电视发展的漫漫历程：电视差转—录像转播—卫星转播—微波转送—共用天线接收。从无到有，从有到兴盛，从兴盛到衰落，再借以创新传输媒介的方式渐显生机，起起伏伏，曲折回环。转眼间，黄坭岗头上无线电视发展已走过了 40 多个年头。

回过头来看看，当时的建设过程真是令人感慨不已，造一个差转台比现在造一座摩天大楼还要难。

确定位置不容易，为了测定电视信号强弱，文成县广播事业管理局成立电视信号试收小组，当时的成员有陈守良、刘务楚、王正升等人，由于上级电视台白天停播节目，他们只好昼宿夜行，携带自制天线、9 英寸的黑白电视机和汽油发电机等设备，对县城周围的马山、马坳头进行拉网式电视信号测试，最后通过比对，才先后确定马山防空哨、黄坭岗头作为建设差转台的地点。

建造更难。钱来自华侨捐赠。1980 年 8 月，由浙江省人民政府批复同意，文成县广播事业管理局接受了旅荷华侨胡志光为建造马山黄坭岗头电视差转台捐赠的人民币 12000 元。地是樟山二队赠的。当时文成县广播事业管理局与村民签订协议，樟山二队赠送 2 亩山地作为转播台台址，为表示感谢，文成县广播事业管理局回赠 12 英寸的黑白电视机一台、水泥 4 吨。当时没有公路，参加建台施工的人员靠单人扛、多人抬，把几万公斤的水泥、沙子、砖瓦等建筑材料及天线杆、柴油发电机等建设差转台所需的器材设备运上山顶。当时正值夏季，烈日当空，我想如果将工人的汗水滴在一处，也可汇成一条河流。

现在，绝大多数家庭都安装了有线电视，马山差转台慢慢地淡出了人们的视线，名字也渐渐地由"差转台"改为"转播台"了。很多人不知道，在距县城不远的黄坭岗头上，还有一个电视转播台，还有工作人员24小时全天候地默默守护。但在20世纪80年代，黄坭岗头却容光焕发，风光无限，是全县百姓关注的"网红"。

最关注此事的也许要数文成电大的全体师生。1983年，文成电大成立，这是当时文成境内唯一的一所大学。初办时，学校要依托广播电视进行远程教学，教授在北京、杭州讲课，学生通过广播电视在文成收看学习。政府拨款为学校建设了电化室，购买了彩色电视机，但有电视没信号，一切都等于零。有时学生到齐了，电视却没有信号，上不了课，师生那个急呀！有一次，文成县委第一书记陈福涛来学校指导工作，学校提出要求改善电视信号的问题。陈书记想了想说："这可不是一件小事，电视信号不正常，电大就不能上课。但我也不能苛求差转台的工作人员，他们工作也辛苦。这样吧，今天天气也好，我们一起去慰问一下差转台的同志。"书记说走就走，当时黄坭岗头还没有公路，一群人就翻山越岭步行到差转台。书记向差转台工作人员详细地询问了差转台的技术问题及生活情况。管理人员说工作室没有避雷针，下雨天很危险，陈书记马上打电话给气象站，要求近期将之安装好。陈书记这一去，没替文成电大说什么，但从此以后电视信号就正常了许多。

其实，当时也不是差转台不配合，实在是技术设备还不能确保信号正常。当时也不只是学校冲着黄坭岗头干着急，全县许多电视迷都在为收不到信号而捶桌顿足。1981年的夏天，我第一次来县城参加中考，晚上上街游逛，走到大岜街某一处时，一个同学突然兴奋地喊道："电视，有电视！"他一边喊着，一边从一个小门钻进去，我当时不知电视为何物，也好奇地钻进小门，里面是一个庭院，一群人围着一台黑白电视机在观看。电视上什么图像也没有，只有斑斑点点。有人喊道，哎呀，又没信号了。有人站起来转动天线。又有人喊道，别动，你动就更没有了。我当时觉得很奇怪：他们在看什么，这些花花点点这么好看吗？

1986年下半年，我在文成高中读高复班，那时正是女排鼎盛期，所向披靡，国际上就组成一支明星队与中国女排比赛，这真是振奋人心的事，学校破天荒地开放电视播放室让同学们观看。当时真是激动呀，整个下午我都没心思学习，一下课就往播放室跑，但播放室已站满了人，后面看不见的就站在凳子上，来得更晚的人就搬来书桌站在桌子上，我站在后面看不见，同学不知从哪里找来一把梯子，靠在墙上，我们就站在梯子上观看，头都快顶到天花板了。全体同学一起欢呼，一起感叹，一起沉浸在女排的比赛之中。现在想想，那时已是彩色电视，整个过程信号良好，也许当时黄坭岗头已安装了卫星地面接收站。

黄坭岗头全貌

　　该去黄坭岗头走走了。念叨了几年，我终于在一个阳光灿烂的日子出发了。一起去的是同事陈雄华，30 年前他与一群同学跟老师去过差转台，因而有很多回忆。当时他们从大岇出发，沿珊门岭上去，再转林坑岭，全程皆为石子路，又长又陡，走得两脚发酸。但老师一路讲故事，同学们听得很兴奋，因而并不觉得特别难走，走着走着也就到了。站在黄坭岗头上，看到形形色色的转播设备，他心里格外激动，至今仍记忆犹新。

　　林坑岭我爬过，从下到上皆是石板路。路面很好很干净，两边是悬崖，植被丰茂，路旁枫树耸立。爬林坑岭是在冬天，虽然树叶落尽，看起来有点落寞，但想象得出秋天的美丽。更可喜的是一条小溪一直在旁边流淌，凭空增添了几分情趣。可是岭太长了，我想爬完全程，欣赏一下岭头的景色，结果还是爬得气喘吁吁，半途返回。从大岙到黄坭岗头，林坑岭只是其中的一条岭，走走这岭就可知道当时建设者与工作人员的艰辛了。

现在去黄坭岗头不用爬岭了，山上已通公路。我们在导航的指引下往前开。先是大十线，转樟里线，再转乡道山马线，道路弯曲狭窄，但都是水泥路，并不难走，车到樟庄自然村又沿着一条更窄的公路一直向上，这是转播台的专用道了，路比我们想象的要长，就在我们怀疑开错道时，转播台的楼房映入眼帘。

转播台就建在黄坭岗头的山背上。这是我最省力气的一次登山了，平时登山都爬得气喘吁吁，这次汽车直接开到了山顶。山顶是一大块平地，我粗粗算了一下，大约有上千平方米，分南北2个平台。南面平台小而稍矮，立着一座两层的楼房，砖混结构，平顶，四开间，看上去已历经风霜，显得有点破旧。外面有庭院，地上铺着水泥，院内没什么东西，只是西面建着3座1米多高、口径3米多的卫星信号接收天线，听工作人员说，这是用来接收电视与广播信号的。但这不是1986年建的卫星信号接收天线，当时这里的卫星信号接收天线有5米多高，抛物面的口径有6.2米，在县城都能看到，在2014年被拆除了。走进楼房，里面是一条狭窄的通道，两边是厨房与卧室，设施很简单。楼上是工作房，外面是值班室，桌上有电脑，正面墙上挂着2台电视机，靠门的墙上还挂着1块奖牌，我仔细看了一下，上面写着

机房

　　"2015年度温州市文化广电新闻出版工作先进集体"。里间摆着许多机器，吱吱地发着声音，正一闪一闪地亮着灯在工作。

　　来之前，陈雄华老师已与值班人员赵碎敏联系好，赵碎敏已早早地在庭院里等着我们。值班的主要任务就是看护机器，定时巡逻检查，发现异常马上检修，如果出现停电情况，要马上启动发电机，保证机器正常运转。现在的设备很先进，很少出现故障，没电时，发电机也会随之自动启动，因而工作是很轻松的。只是生活过于单调，一待一星期，时间不好打发，显得特别漫长，因而他们就轮流种菜，只要有空地，就种上各种农作物，既有收获，又能消磨时间。

　　北面这部分宽大、稍高，顺着屋后面的台阶向上走，地面满是杂草，一片荒凉。1980年建的工作房还在，如今破败了，作为仓库堆放杂物。2座电视发射塔巍然耸立，稍矮的建于2004

年，25米高，现已停用，另一座建于2015年，50多米高，现在主要靠它发送信号。赵碎敏说，这里每天仍发送着16个电视台、6个广播电台的信号，全县大部分区域都能收到，信号良好。也就是说不用有线电视，也能基本满足用户的要求。

站在山顶，本可以看到四周乡镇的面貌，但围墙高过人头，挡住了视线，南面的围墙矮小，但屋前却长满了竹子。我突发奇想，要求爬上发射塔平台上看一下。赵碎敏是南拳高手，他说可以，他来保护我，于是我顺着扶梯一步步往上爬，塔上有两个平台，我爬到第一个平台上，大约离地20米。四下观望，天高地阔，群山逶迤，一直延伸到天之尽头。大峃、峃口、巨屿、珊溪、公阳，一个个村镇点缀在群山之中，斑斑点点的房屋尽收眼底。

夕阳西下，我们下山回家。站在山脚望上去，满天彩霞，黄坭岗头笼罩在一片烟霞之中，显得格外美丽。

四面峰：跟着叶榛的脚步去登山

龙川诸山，最有名的是四面峰。它居于龙川村前，山不高，仅 247.8 米，但形状奇异，一座山峰分成四个面，山面平整，山脊分明，峰顶尖小，山麓方正，无论从哪个角度看，都犹如一个四棱锥。

四面峰的景色，前人描写过。远看，"峭拔忽如撑剑戟，端严旋似整衣冠"。险峻与端庄兼具，动景与静美相合。登山观景，"稻黄菜绿，芦白枫红，大块文章，尽收眼底"，"四围不悖，万象靡遗，形形色色，罗列眼前"。这样的山峰，景色秀丽而没有官气，自然得到了人们的喜爱。几百年来，不断有文人墨客攀爬登临，也留下了许多美丽的诗文，其中就有叶榛的《登四面峰记》。

叶榛，永嘉人，清嘉庆年间（1796—1820）拔贡，好诗文。曾在龙川设馆授徒，馆舍就在四面峰的对面。叶先生喜游，关心地方文化。在龙川期间，他游览了诸多景点，留下了许多诗文。

四面峰

其中最重要的是包括《登四面峰记》在内的"龙川四记"，龙川
名士赵瑞昌评之矫健清远，笔意超妙，是龙川宝贵的文化遗产。

　　叶榛登四面峰是在清嘉庆八年（1803）的重阳节。200多
年前的四面峰，在叶榛眼里美丽卓绝，"形式上拱，四围周
正""岩石幽奇，草木葱茏，阴晴变态，风月异景"。叶先生每
天在馆舍内教书授道，与四面峰相看不厌，可惜没时间登山一
游，"余固熟视之而心赏之，然未获一踞其巅也"。终于有机会
了，重阳节给了叶先生最好的登山理由，他给自己放了一天假，
带着几个学生登临四面峰。这一天，天高气爽，师生兴致盎然，
他们从馆舍出发，踩着碇步，渡过龙溪，再从西而行，南转开始
登山，山脚处路稍宽，走了几十步就变为蚕丛鸟道了，一群人只
好攀缘着葛藤爬上山巅。

　　我跟随叶榛的脚步登四面峰已是2020年。如今登四面峰已十分方便，国道线就从四面峰北面山脚经过，一群好心人花了6年时间，投资45万元在山上修建了石板路，从西北侧山脊上去，再从东北侧山脊下来。我去时虽是深秋，但山上仍一片葱茏，隐隐约约还能听到树林里清脆的鸟鸣声。我从西北侧石板路往上走，路宽1米有余，路旁古木森森，修竹摇曳，台阶上撒满残枝枯叶，石缝中爬满苔藓野草，使人徒生几分沧桑之感。半岭上有六角亭，名为"金印亭"，石柱石梁，盖琉璃瓦，檐角上翘，分别塑以喷水飞龙。亭顶为七层小塔，尤为别致。柱上有

金印亭

联："秋到凭栏二岭枫红滋画趣，春来坐槛四垟禾绿酿诗情。"联虽有点直白，却正合游览者的心境。再往上有巨石，形状方正，上有大字"金印岩"。石与亭同名，显得有点重复，却寄寓着人们美好的愿望。从正面看此石，上圆下方，与玉玺的确有几分相似，但我想，取此名的灵感主要来自山形，叶榛在《登四面峰记》开头就说四面峰"堪舆家所谓玉帝金印，殆其似之"。

看完巨石，我就与叶榛分手，沿着若隐若现的小道往北坡山腰里走，去找四面峰的另一景致白雾洞。据说，此洞也很神奇，每到早上与傍晚，洞内都会冒出白色的烟雾；如果是雨天，白雾就会弥漫四周，久久不散。当年，叶榛也是知道此洞的，学生曾向他提起，但他没兴致前往。我却很有兴趣，我认为每一个山洞都有一份神奇，能给人带来无穷的遐思。上山前，我已向当地老人打听，知道山洞在北坡的山腰上，但山腰很宽，我只好上下左右地寻找，山上长满了荆棘与茅草，手被割出了血，裤子也被撕开了一个小口，幸运的是我在离峰顶二三十米的岩壁处找到了山洞。山洞正面与侧面皆有一个出口，从正面看，洞很浅，洞口扁平，小孩可以侧身爬入，我试了一下，自己不可能挤进去；从侧面看，就有一个洞的样子了，洞口呈三角形，洞深10多米，高2米多，但不宽敞，仅容一人通过。洞内很平滑，明显有人反复爬过。我想这里过去一定是小孩的乐园，肯定有许多美好的回忆，可惜此处已很少有人行走了，四周长满了野草，早已没有来往的通道。有点遗憾的是，我去白雾洞的时候不是雨天，也不是早晨与傍晚，没看到山洞云雾弥漫的样子，但我相信云雾是一定有的，打算再选个恰当的时机来领略白雾的神奇。

终于站在山顶上了。山顶本只是一块方正的岩石，经人修整，已变成10多平方米的平地。200年前，叶榛就站在这里，举目远眺，四方景色尽收眼底：东向苕湖，"人居稠密，烟树苍茫"；南方岚岩，"蜂房蜗居，错落于山谷间"；西边濠右，"岩面奇峭，佛寺巍峨"；北面龙川，"郁郁葱葱，负山环水，虎踞龙盘，大不类寻常村落，宜其间生齿殷繁，室家富厚也。又得洙川花园横山中堡诸村为左右之辅，真是望气者为之叹赏，星罗棋布，景象万千，四顾踌躇，目不暇接，大哉观乎，何快如之"。当年龙川的美丽与繁华使叶先生发自内心地赞叹。

我站在山巅远眺，与叶榛见到的景色可完全不一样了。虽然山仍是郁郁葱葱的，村庄仍是负山环水，天空仍清亮得像一面明镜，但西边巍峨的佛寺不见了，连名字都消失在漫漫的时光里，南面也不再是蜗居蜂房，只有零星的楼房站立在绿树中间。东边与北面呢？已成为楼房之海，高低错落，鳞次栉比。道路像一条条灰色的飘带，纵横交错，穿插其中。我有点好奇，如果叶榛此时站在山巅观景，会是怎样的一种心情呢？是仍旧四顾踌躇，大呼"大哉观乎，何快如之"？还是惊诧莫名，为世间之变化而目瞪口呆？如果我站在200年前的山顶上呢？我想那时的天地将更宁静，生活将更纯粹，我一定会被精致的木屋所倾倒，为古朴的街道所沉迷。谁能想到呢，现代人的生活质量提高了，又留恋起古屋土墙了。

　　该下山了。我与叶榛分道而行，他从西面下山去看纱帽岩了。纱帽岩也是龙川一景，处在四面峰对面的一座山顶上，上大下小，上端两边向外突出，远远望去就像一顶古代官员的乌纱帽。我却顺着四面峰东面石阶往下去看将军岩。将军岩耸立在四面峰东面的山腰上，东北山脊的石板路从岩脚经过。

将军岩

见到将军岩，我被深深地震撼了，巨岩拔地而起，高20多米，底面周长十四五米，威武庄严。岩壁爬满了藤萝，顶上长着各种杂木，岩下方有亭，名为"巨岩"，样子与金印亭相类似。再往下走几个台阶，有几人方能合围的枫树，霜叶正红，红枫与巨岩相对，相得益彰。再看巨岩，却发现神奇之处，底座竟是倾斜的，巨岩间有裂缝，断成三块叠在一起，底块稍小，中间较大，顶上的石头稍稍向外伸，从东北角望上去，的确像一个威武的将军。大自然就是这么神奇，一块巨石在这里神奇地找到平衡点，巍然屹立，一立千年，守护着四面峰，守护着龙川。

我想叶榛一定是看过将军岩的，而且一定会像我一样为之震撼。可惜的是，我没找到他描写将军岩的诗文。但我在龙川族谱里发现另一个永嘉贡生徐作砺作的《龙川祠前十景诗》，其中就有《将军岩》：

> 巍然独立此山巅，岳降嵩生问昔年。
> 何代英雄初化石，此时气势欲冲天。
> 倚立大树思冯异，流出飞泉想吕虔。
> 对面有山似猛虎，谁能张弓射石穿。

此诗气势磅礴，既融入了当地百姓关于将军岩的传说，也表现出了当地村民对将军岩的敬仰之情。

从将军岩往下走，我突然听到水声。山有了水，就有了灵性，秀丽的四面峰怎能没有水呢？清冽的水从泉眼里冒出来，叮咚叮咚地往山下奔去。只可惜人们为了饮水，修建了蓄水池，将水封闭起来，用水管把水接到家里，游者不能看到水的形态，只能听到水的吟唱了。后来我从龙川的老人那里了解到，其实，四面峰四面都有水，四条山脊脚下都有一处山泉，泉水清澈甘冽，人们就把山泉砌成水井。东北面的叫"温泉井"，东南面的叫"凉水坳井"，西南面的叫"迎阳井"，西北面的叫"豹泉井"。其中，温泉井我是见过的，水清幽使人怜爱，喝一口，甘甜可口。清凉的山水滋润着四面峰，也滋润着龙川人的生活。

叶榛走了，但四面峰仍在。物是人非，沧海桑田，草木枯荣无常，人间悲欢离合。四面峰不断被人仰望、攀登、改造、赞叹，却变得更加浑厚雄壮，愈发英姿勃发。它将自己活成了一方风景，活成了乡人永久的乡愁。

水银尖：黄坦人心目中的圣山

屹然峙立透天关，一览无遗指顾间。

仙有奇岩称石锅，龙留古井落深湾。

顶盘烟髻巾常戴，尖接云峰桂可攀。

莫言此方百巨镇，森罗万象足怡颜。

这是一首越读越有韵味的诗，诗名为《水云峰》，由清人王钦典所作。全诗形象地描绘了山峰的雄伟瑰丽，"天关""奇岩""古井""巨镇"，每一个词都让人遐想，令人心动。

水云峰就是水银尖，处在大峃镇与黄坦镇的交界处。它海拔不高，只有760.4米，但它站立在海拔只有300米左右的黄坦小盆地上，显得异样高大崔巍。看来有时为人为山的道理是相通的，要成为人们眼中的大山，除了自身要足够高大，站立的位置也很重要。

关于山名的由来，《文成县地名志》是这样记载的：主峰"时

水银尖

有云雾弥漫，远看似在云水之中，故名水云峰，后演变为水银峰，别名水银尖"。说水银尖"远看似在云水之中"，有点艺术夸张的成分，但此山常有云雾弥漫倒是真的，我问过黄坦当地的同学，同学说，水银尖的云雾特别多，他小时候很好奇，去问大人，大人告诉他上面住着神仙，他竟然信了，而且信了很多年。

水银尖上虽然没有神仙，但不影响它在黄坦人心目中的神圣地位。从西往东望，水银尖形似桃子，因而当地人又称之为"寿桃山"，大概桃形的山是很吉祥的，因而老一辈说起水银尖就颇感自豪。还有故事说古代有一个朝廷命官经过黄坦，远远看见水银尖就立马下轿步行。随从不明原因，官员解释说，此处地是平畴沃野，山为天造寿桃，钟灵毓秀，必出栋梁之材，我岂能不下轿表示敬意？一行人行至黄坦溪边，见溪流潺潺自东往西而去，也许是水的流向影响了山的风水吧，官员看看山又看看水，叹了一口气，连说惜哉惜哉，上轿而去。

黄坦文人荟萃，编故事也有出彩之处。想要说明某处山水奇异，大多用风水先生或神灵来证明，这里却借由一个朝廷命官之口来展现。官员一下轿一上轿，充分显示了水银尖的神奇。故事虽短，却充分体现了水银尖在黄坦人心目中的地位。

我去爬水银尖是在暮春四月。爬水银尖很方便，通景公路已从际坳塘通到海拔620米的山腰上，从停车处到山上寺院也就500多个台阶，并不需要花费太多的脚力。我却舍近求远，从山脚邢宅出发，顺着弯弯曲曲的小路往上攀爬。这是一条原始古道，几经翻修，依旧从骨子里散发着古味。从古至今，不知多少农人僧侣、文人墨客从上面走过，可惜如今已很少有人行走了，枯枝败叶积满台阶，古藤茅草肆意蔓生，满目皆是荒凉沧桑。入口处是田园，多处栽种了树木，树木已高达数米。幸好剩余的田园还很多，不远处，几个农人正在田间耕作，使人想起这是四月的乡村。

山路依山而建，或凿石为梯，或铺以块石，或陡或平，或窄或宽。有一段，竟从山脊经过，中间是一米左右宽的山路，两边是黑幽幽的深谷。四月的山间是最美的，树木都换上了新叶，色彩斑斓。到处是小鸟飞舞的身影，满耳是唧唧咕咕的鸟鸣声。一个人行走，时缓时急，无拘无束，并无孤寂之感，反而有一种轻松自在的惬意。

但没过多久，轻松与惬意就被眼前的石道吓跑了。正当我行到疲惫处时，一条石道毫无征兆地呈现在我的面前。石道从脚下冲天而起，笔直伸向云天，岭与人在此时构成了巨大的感叹号。我深吸一口气，低着头向上攀爬。石道好长呀，比我预想的还要长，走得我两股战战，大汗淋漓。

岭的尽头是水云寺，稍作休息，我便向山顶出发。从水云寺到山顶是一条羊肠小道，长满了荆棘与荒草。山上种满了山茶树，每年有人上山采摘茶籽，因而路并不算完全荒废，虽然我爬得气喘吁吁，却没有想象的那样艰难。

一览无遗指顾间。站在水银尖上，黄坦全景尽收眼底，灰白的房子、青绿的田园、斑驳的山峰，构成了一幅奇丽的画卷。转身向北，透过树的缝隙可看到山间星星点点的人家，朦朦胧胧间还能看见袅袅炊烟，让人备感暖意。更远一点呢？是苍茫的远山，东南处，水汽氤氲，色彩斑驳，隐隐约约能看到突兀而起的金山寨。水银尖顶是一个平整的菜园，面积不大，不久前应还有人耕种，如今已长满荒草与小树，在树杈中我还意外地看到一个鸟窝，顿时产生了童年的回忆。遗憾的是，四处寻找，我也没找到清代诗人描写的石锅及古井。

深山藏古寺，寺庙总喜欢与大山结缘，水银尖就建有水云寺。山顶的岩壁处竟然有几块平地，藏风聚气，有缘人就在此建造寺院。寺不大，却包括大雄宝殿、观音阁、许真君殿、汤娘娘殿。

水云寺

这充分显现了中国农村的信仰特色，神佛不离，和睦相处。塑像慈眉善目，宫殿重檐翘角，寺内清净安详，寺外山光水色。寺院虽小，但的确是修身养性的好去处。

在寺院的一角，我们看到两块石碑，一块上写着"全县重点文物保护点水云寺文物古迹，文成县文物保护管理委员会立"，上面注明公布日期为2001年6月15日。另一块是2001年刻立的名为"水云寺文物古迹简介"的石碑，字迹有点模糊，但还能勉强认出来："水云寺，习称观音阁，坐东北，朝西南，元末开基，清康熙八年（1669）重建，清乾隆四十八年（1783）扩建僧房金刚殿，清咸丰十年（1860）重修，依山势添建观音阁后之许真君殿和右向汤娘娘殿，成为混合木构建筑群体，占地面积约1000平方米，到1965年殿宇失修坍圮。1995年始，周围数十村庄民众倡议建设风景名胜区，各方响应，筹资20余万元，得有关部门认可，于1998年冬按原样修复水云寺。"碑志简单浅白，道出寺庙的前世今生及艰难历程。可惜，几度修复，我们在寺庙中已找不到丝毫原始痕迹。

后来我查阅有关资料，也有意外收获。《文成县地名志》（1985年版）关于水银峰的条目中，编者不吝笔墨记上一句："峰下有一古寺，有400多年历史，刘英同志曾率部驻此寺中。"还有一则资料，在大峃镇金山村文化礼堂，墙上关于吴成七的描述中有这么一句："（吴成七）曾拜师水云寺和尚学艺，十八般兵器，件件精娴。"古今英雄竟都与水云寺牵上了关系。我当然愿意相信这两条信息都是真的，可惜我翻找相关资料，始终没找到旁证；询问相关人员，也没得到肯定的答复，只得等待有心人论证。

虽然不能确定吴成七是否曾在此拜师学艺，但吴成七与水银尖肯定是有关系的。站在水银尖往北望，有一个比水银尖稍矮的山峰，叫"马坪寨"，山上草木葱茏，看不出与别的山有什么区别。但在元末，此处却是吴成七的营寨，军旗猎猎，战马萧萧。县志里记载："元至正十三年（1353），（吴成七）于瑞邑五十四（今文成巨屿）埠头转贩私盐。当地盐霸百端发难，成七怒毙盐霸，祸涉谋反。即逃回黄坦，请民间武师宋茂四和落第穷儒支云龙议计，相约各方穷苦弟兄，揭竿反抗。始在毛湾围栅垒营，辟建高阳、马坪两座扼黄坦咽喉之大寨，雄踞天高、水牯、龙须、水盆等屏障。毛湾地窄，翌年迁营龚宅，再辟金山总寨。"

从史料中可以看出，马坪寨是吴成七前期最重要的营寨。从寨北面往下百来米，就是大岂到黄坦的重要关口际坳塘。通往青田的茶龙岭、通往瑞安的林坑岭在这里交会，在此建寨的意义不言而喻。

山顶我也去过。上面是一块几百平方米大的平地，长满树木与狼萁草。几年前，这里应是农家种作的旱地。虽然在上面再也找不到丝毫兵寨的痕迹，但我还是坚定地相信吴成七曾在此驻扎过兵马。我还想，吴成七在此设寨，肯定会在水银尖顶设立瞭望所，占据制高点，方便与周围各寨互传信息。也许，元末的某一天，吴成七就站立在高高的水银尖上，英姿勃发，指点江山。

时光老去，岁月悠悠，是非成败转头空。吴成七败了，马坪寨仍在，只是战场变成了林园；老寺倒塌，新寺重建，善男信女仍然来去匆匆。历史轮转，不断演变着新的故事。水银尖屹然耸立，守护着黄坦，也阻断了黄坦外出的道路。经常听黄坦人感叹，如果水银尖下有一山洞，外出就方便了，一转眼，山洞通了，而且成了国道，成为交通要道。时光悠悠，巍巍水银尖，还会发生什么故事呢？

豺狗洞：一个因吴成七而成传奇的洞穴

黄坦出了个吴成七，就出了许多传奇故事。

吴成七，黄坦人，幼居吴庄，入赘毛湾，从事家耕，兼贩私盐，精娴武艺。元正十三年（1353）于瑞邑五十四（今文成巨屿）埠头转贩私盐，不堪欺压，拳毙盐霸，祸涉谋反，遂逃回黄坦纠集人马，揭竿造反。虽然最后兵败身亡，前后只延续4年时间，但声势浩大，最盛时拥兵十万，掌控战寨百余，略定处、婺、温、建宁（今闽建瓯一带）等区域，声撼元王朝，民间至今还流传着许多关于他的故事。

关于吴成七，还存有许多未解之谜，其中之一就是他的死亡。传说他的死亡与稽垟豺狗洞有关，说他寨破兵败后躲在豺狗洞，其外甥为他送饭，官府贴出榜文，说谁抓住吴成七或献上他的首级，可获重赏。外甥动了心，趁机杀了吴成七，取其首级向官府领赏。这传说离奇生动，流传甚广，因而豺狗洞也随之闻名遐迩。《文成县志》（1996年版）、《文成县地名志》（2021

年版）与吴鸣皋老先生所著的《文成见闻录》都有关于豺狗洞的记载，内容相差不大，只是《文成县志》将之称为"吴王洞"，直接把洞与吴成七绑在一起；而《文成见闻录》介绍豺狗洞后，还叙述了邢宅村民进洞寻宝的事，内容最为详细，现摘录如下："豺狗洞在黄坦稽垟双尖山下。洞口像岩石裂缝，可侧身而入，内宽大，摆有石桌、石凳。相传元末抗元义军首领吴成七兵败寨破后，单身遁匿洞中，被其甥杀害。中华人民共和国成立之前，有很多革命同志也在此临时避难过，俱未深入洞境。稽垟乡校教师邢庆年说其族叔邢邦美曾深入洞内探过。"《文成见闻录》进一步叙述，解放之初，家住黄坦邢宅村的邢邦美在家梦见豺狗洞内金银很多。他为了寻找藏金，便单身携柴刀、风灯而往，当时他年轻力壮又胆大，独自进入洞中。洞中在风灯照明下，时大时小，大如石室，小如甬道，或上或下，常遇斜坡陡壁，幸都能通过。洞中弯弯曲曲，潮湿阴森，除蝙蝠外，一无所见。但为实现"黄金梦"，他细心观察，不知走过多少路，忽闻有声从外传来，观四周又无出路，惧而返，出洞时已红日沉西。邢邦美于1964年去世，在世时，他常对人娓娓而谈。

　　吴成七死于豺狗洞只是一个传说，并无旁证，但民间很多人信以为真，逢年过节，不畏山高路远去洞口祭拜。民间还传说，吴成七死前藏有很多金银，很有可能有一部分就藏在豺狗洞中，因而就有人冒险去寻宝，邢邦美肯定是听了传说，日有所思，夜有所梦，而且将梦当真了。当然，更多人探访豺狗洞只是出于好奇。我在黄坦读书时，就听同学说过去豺狗洞探险的事，从洞口挤进去，二三米后，洞转而向上，越来越窄，最后只剩下一个小水桶大小的口子，将头伸进去，里面黑乎乎的什么也看不见，探洞者畏惧而退，不知洞之深浅。

上面引文中提到的双尖山在稽垟村的东面，海拔850多米，山下有宝华寺，明朝初始建，在抗日战争、解放战争期间是我党地下活动中心和重要交通点。1936年重阳节，刘英率部到此辟为根据点；1941年4月19日，中共青景丽县委在此召开底庄会议；1942年4月与1947年冬，遭国民党军两次焚烧，经群众抢救维修得以保存。2001年，此寺被列为第一批县级文保点。传说此寺后山上有吴成七祖辈的坟墓（也有人说是吴成七的坟墓），我也去看过。在宝华寺则彻师傅的指引下，顺着寺院后面的山道往上走20多米，再往右走五六米，能看见一片灌木丛中有一个长满杂草的坑洞，则彻师傅说这就是传说中的坟墓了。但这也只能是传说了，我仔细翻找，这里已丝毫没有坟墓的样子了。

豺狗洞在双尖山的北向，两者山体相连，但相隔较远，而且自有顶峰。当地百姓认为此山是独立于双尖山的一座山，但又说不出山名，只是习惯性地称其为豺狗洞。大约洞太有名了，掩盖了山名，洞名也就成了山名。

2022年元旦，我与丑哥一起去爬豺狗洞。丑哥几年前就去过，而且写了一篇关于豺狗洞的游记，因而知道前去的道路及洞的概况。

车至稽垟，过东庄，停在张山垟水库大坝处，我们顺着水库左边山坡往上爬。山坡上栽着一行行松树，但长势不好，倒是狼萁草长得异常茂盛。一条小道就在狼萁草中或隐或现地向上延伸，有点陡，湿滑，但并不是特别难走，往上几百米，狼萁草渐渐隐去，取而代之的是灌木丛，灌木越来越茂盛，树枝高过头顶，遮住了天空。我们来时天空就是灰蒙蒙的，从树下钻过，就感到更加昏暗了。

接近豺狗洞时，奇峦怪石多起来，有几个石头叠垒在一起的，有岩石陷进一个大洞的。有一块石头长 10 余米，青黑色，顶部呈三角形，人称"棺材岩"。我好像从哪里听过一个故事，说吴成七是有青锋宝剑的，被外甥杀了之后，青锋宝剑就钻进了这个棺材岩之中。

从棺材岩往上十几米就是著名的豺狗洞了。只见树丛中有一岩壁，壁前有一块几十平方米大的平地，长满杂草与荆棘，四周散落着石头，石上长满青苔。壁有石缝，宽约 50 厘米，高 2 米多，这就是豺狗洞了。打着灯往里照，洞向里 3 米多深后向上延伸，不知所往。两边洞壁凹凸不平，我侧身而入，想进去看看洞内情况，但进不了 1 米，卡住不能前行，只好作罢。

正在失落时，丑哥却有惊喜的发现，洞的上方已被村民挖开一个出口，直通洞内。我探头往下看，洞底离地面 3 米多，洞内黑乎乎的。我顺着村民挖洞的绳索下去，打开手电筒往里走，洞倒是挺大的，2 米多高，1 米多宽，20 多米长。可惜洞内已被挖掘过，空空如也，不要说石凳石桌，就是平常的小石头也没有了。

豺狗洞洞口

石壁坑坑洼洼，倒挂着几只蝙蝠，黑乎乎的，有点吓人。洞的深处，壁上有一条倾斜的凹槽，50多厘米宽，往上再往外延伸，大约这就是通向外面的洞口了。

洞内的景致有点令人失望，我们在洞外却有收获。在洞口旁边10多米处有一巨石，朝南向有3平方米的天成石壁，尚留一方摩崖石刻，题写内容是："城洋东庄张邦廿二学士立仙岩坪堂一所守己也。"落款为"龙凤二年七月立"，楷体，阴刻，字迹古朴端庄，虽经长期日晒雨淋、风霜侵蚀，但字迹仍清晰可辨。石刻旁挂着一块文成县人民政府2019年8月颁发的牌子，上面写着"文成县黄坦镇历史建筑寨沟洞摩崖题记"，编号为ZJ-WC-103。

摩崖石刻

　　石刻字不多，但背后蕴含的信息却浑浊难辨，辨识再三，也没弄懂意思。后请丑哥查找资料，才发现邢松琪老先生于2001年就写了关于辨析寨沟洞（豺狗洞）摩崖石刻的文章，文章中称此石刻发现于1983年9月26日，列入就地保护之文物点，但"题记涉及的时代背景比较复杂，而且题记者的身份与所刻留的事件内容又过于含蓄，故一直未得辨识定论"。看来，弄不懂石刻内容的不只我一人，专家也一直纠结难以定论。

　　邢先生分析，题记仅27个字，却包含着人、事、地点、时间背景等复杂内容。此题记是城垟东庄（古代稽垟一带称"城垟"）名叫张邦廿二（乳名为张廿二，邦为后起之名）的人刻的，这人当时在吴成七起义军政权"吴王府"担任高级文官（从

见 山

"学士"官衔可推断，张邦不可能是元王朝的学士，那就是吴成七的手下了），刻写时间为龙凤二年（1356）。龙凤是元时农民军韩宋小明王韩林儿的年号，始于1355年2月，终于1366年12月，前后共12年。元至正十一年（1351），红巾军领袖韩山童被元军杀害，元至正十五年（1355），刘福通迎立其幼子韩林儿称帝，称小明王，国号大宋，年号龙凤。这是浙南一带至今发现的唯一以"龙凤"纪年的摩崖石刻，因而有特别的意义，说明当时吴成七也是自觉或不自觉地将自己的队伍归属于红巾军系列的，与朱元璋一样，也尊韩林儿为帝。

后来，吴成七的军队在处州府治中叶琛的军队攻打下，节节败退，最后堡垒金山寨也被攻破，失败的命运已不可逆转。作为吴成七手下的文臣张邦不能为吴成七冲锋陷阵，只能在豺狗洞下面的一块平地（美其名为"仙岩坪"）上建一座草堂，准备在此隐匿保身守志（守己也）。

不得不感叹邢先生的学术功底，层层剖析，有理有据。巧合的是，豺狗洞前几米，的确有一块平地，平地四周仍留有残破的石墙。村民说，这里几十年前还有人在此建房居住，开荒种地，后搬居别处才逐渐荒废。那这里的原始居住者是否就是张邦呢？再往下推想，张邦是否就是传说中的吴成七的外甥（传说中吴成七外甥也姓张）？按常理来说，吴成七不可能在此避难，一是此处过去皆为荒山，不够隐秘，二是山洞潮湿阴暗不宜住人。那么，是否有可能在此隐匿的不是吴成七，而是外甥张邦，口口相传中，

162

将吴成七的外甥变成吴成七，再以讹传讹，演变出吴成七隐居豺狗洞、外甥弑舅的故事呢？

看完题记，我往顶峰走。顺着豺狗洞往上皆为灌木林，树干挺拔向上，脚下没有杂草，只是山比较陡，爬起来需要技巧与力气。往上十几米，见一宽大的石壁，避过石壁往上，石壁背就是山顶了，山顶处是一块倾斜的地，虽然长满灌木，但可以看出，几十年前这里是居民的田园，有村民在此耕种生活。当年在此肯定能看到极远的风景，现在却树木遮蔽，只能透过树缝隐约地看见远处的房屋与山峦。四周静悄悄的，仔细听，树林里什么声音也没有，连鸟鸣也没有一声。

下山时，阳光出来了，四周明亮起来。站在岭头，目光越过山峦，可看到正在兴建的黄坦栖真寺，往下望，崭新的稽垟映入眼帘，几缕炊烟正袅袅而上，带给人满满的暖意。

绿水尖：有诗有故事的大山

　　《文成县地名志》（1985年版）"自然地理实体篇"里记载："石门尖，别名录水尖，跨越吴坳、石门、枫龙、上垟、上斜五个行政村。以石门村得名。海拔1250米，山顶设有航空标。"这里说的石门尖，就是铜铃山镇境内的绿水尖。书中记载的"录水尖"应是"绿水尖"的误写，因为当地方言中"录""绿"同音。大山周围的居民大多习惯将之称为绿水尖，只有西坑一带的人称之为石门尖。

　　绿水尖是南田山脉东南走向支脉的一座高山，是当地居民种作的重要场所。我小时候经常在此山上游玩，也登过几次山顶。第一次是在读小学时的一个中午，天气晴朗，同班同学去绿水尖玩，我也跟着去，从学校出发，经过上垟岭，然后沿着小道往山顶爬，满山都是荒草，小道不宽，但经常有人行走，爬起来并不困难，半个多小时就到山顶了。山顶上有一个三脚架，同学说这是航空标；往东望，云雾茫茫，天际间有几个蓝点，同学告诉我，那是百丈漈的天顶湖；往西望，群山耸立，同学指着最高处对我说，那是杨顶垟。再一次去已是初中毕业了，同村的朋友约我去绿水尖观日出，我们凌晨4点摸黑往山上进发，爬到山上恰好天亮，但远方是浓浓的雾霭，没有看到日出，当时我们多少有点失望，却成为我的一段美好回忆。

　　绿水尖在古代还有一个颇有文化味的名字，叫"鹤息峰"。关于这个名字，《南楚郡叶氏本派徙居记》中记载着一个美丽的传说：叶氏先祖叶嘉于唐元和七年（812）冬至节前三天，斋宿于松阳见素真人（叶法善）祠庙。梦中见一位满头银发、长满胡须、双目炯炯有神的老道腾空驾鹤而至，说：吾昔游一境，奇峦怪石，地僻山幽，汝可探访，遇有鹤栖之所即可卜筑焉。吾赋诗

绿水尖全貌

古村石门

与汝，汝其识之曰："鹤云飞止处，胜地曾西游。万叠高峰下，山川合浍流。石屏依曲岸，汇水夹汀洲。东坞营基业，鸿图起壮猷。"叶嘉梦醒尽觉奇异，于是择日出门寻访，果见有一白鹤在路口等候，心中大喜，于是跟随白鹤而行。白鹤也怪，与人不即不离，人快则快，人慢则慢，翻山越岭，跋山涉水，步行十余日至芝田八都七源境内，顺一条山道蜿蜒而上，但见一座高山巍峨耸立，白鹤飞翔停息其上，既而消失不见。叶公四顾，见此山峰突兀，流水潺潺，风光幽雅，景致清新，便知其是见素真人指引其卜筑之所，就将该山命名为鹤息峰。

故事比南田刘氏始祖刘集卜居武阳的传说还要神奇，给人们带来无限的遐想与美好的希望。叶嘉后人就定居在绿水尖脚下的石门村，据族谱记载，唐元和十五年（820），叶氏就在此建房居住，距今已经1200多年，是绿水尖周围最古老的居民。

翻上垟周氏族谱，竟也有惊喜的发现。上垟周氏从泰顺莒江迁至现在的下垟，又于元至顺元年（1330）从下垟搬至现绿水尖脚下的上垟村。上垟周氏族谱收录了许多古代文人描写本村四周景色的诗文，其中就有两首描写绿水尖的，题均为《鹤息峰》，摘录如下：

（一）避秦何必武陵游，鹤息峰巅景色幽。遥望云山千里外，俯观烟水百川流。遨游槐岭星飞马，误认桃林野放牛。不待兰亭传胜事，清风明月共悠悠。

（二）鹤息高仑旭映收，春光草色露华稠。风生六月仙官冷，日落孤峰古殿幽。槐岭云中骑白鹿，桃林树下卧青牛。三山雅景看无厌，骚客登临去复留。

前一首的作者是周尚凤，为明成化年间（1465—1487）上垟的邑庠生；后一首的作者是张美纶，为清嘉庆年间（1796—1820）下垟的恩贡生。两首诗写的时期不同，但同样将鹤息峰描绘得美如仙境，可以想象这两个明清文人在山中游玩是何等尽兴。两人在诗中都写了桃林、槐岭，也许明初至清中期鹤息峰上真的槐树林立，桃花飞红，景色非同一般，可惜如今的绿水尖已找不到桃林、槐岭的踪迹了。后首诗中提到的古殿，瑞岢庠生赵鸿钧写的《象垟十二景》也有提到，此诗将鹤息峰列为上垟（象垟）十二景之一，其诗句为"牛塘曲岭棋盘古，鹤息高峰宫殿幽"。初步考证，当时鹤息峰半山腰上的确有一座宫殿，如今宫

绿水尖日出

殿已消失殆尽，没有人知道它的形状与规模，但古殿基仍在，荒草萋萋，杉木森森，引人无限遐思。

鹤息峰何时改名为绿水尖已无从考证。我询问当地老人，大多数老人说从他们记事起此山就叫"绿水尖"了，但也有老人说鹤息峰是建小林场时由当时的公社书记改名为绿水尖的，取绿水青山之意，哪一种说法为真还需进一步考证。绿水尖小林场兴办于20世纪60年代中期。当时绿水尖是一片荒山，人民公社响应上级植树造林的号召，决心消灭万亩荒山，发动全体干部群众上山植树造林，自带工具、粮食、棉被，在山上搭棚居住，连续作战。总部就设在绿水尖的枞树（松树）头，全体公社干部带头参加。民兵还带武器，边训练边劳动。在总部设有黑板报，每天报进度、表扬先进。全体人员在-8℃的环境中还坚持在山上劳动，连眉毛都结了冰霜，经过多年的艰苦努力，终将荒山变为林海。回想当年，人民公社将植树造林当作政治运动来搞，多少有点荒唐，但干部群众造林时所呈现出的精气神的确使人动容。

后来小林场又来了上山下乡接受贫下中农再教育的知识青年，他们也和村民一起开荒造林、翻地种作，经历了一段艰苦的日子，演绎了一段悲欢故事，为绿水尖的建设奉献了青春与汗水。

2005年，绿水尖还经历了一场灾难。台风"泰利"给文成西部山区带来了百年一遇的特大暴雨，绿水尖一带短时间内降雨量超过400毫米，突发严重的山体滑坡，产生总长度三四百米，宽度20多米的泥石流。滚滚的泥石流向石门村和枫树亭的驮龙自然村倾泻而下，经过之处，房屋顷刻崩塌，酿成了死亡 16 人、受伤多人的惨案，成为当地居民心中永远的痛。当时国务院回良玉副总理代表党和政府亲临现场，慰问群众。

如今，绿水尖仍巍然挺立，树木密布，道路荒芜，山顶已少有人迹。顶上的航空标已拆除，代之的是信号发射塔。其西南山脚上垟坳处已建设为滑雪场，成为冰雪爱好者的向往之所。其实绿水尖还有很多旅游项目可以开发，如可在山顶开发露天宿营地，设立天文观测站等。前不久，又有消息说，有人已策划要在绿水尖上兴建摩托车赛车道。也许过不了几年，绿水尖真的会再一次蜕变，成为文成著名的旅游胜地。

文景大道：串起大山村庄，穿越悠悠岁月

我关注文景大道，始于与父亲的一段对话。父亲说，年轻时他挑着百来斤的稻谷去大峃，早上4点多从家里（铜铃山镇上垟村）出发，挑到西坑天才渐渐发亮，中午到大会岭头吃中餐（自己用草包带饭），太阳偏西时到大峃，卖了稻谷，6元多钱。晚上花5角钱在大通铺上睡一觉，第二天起来买些食盐、火柴等生活必需品步行回家。

父亲的叙述就像传奇故事，听得人目瞪口呆。有时回过头来看看真的很有趣，现在看来简单稀松的事，过去却不敢想象；在过去极其平常的事，现在却让人惊诧莫名。

父亲当时走的就是文景大道。《文成县志》（1996年版）称之为"文景大路"，其在卷十"民间道路"中记载："文景大路，自大峃镇孟潭埭过泰亨桥，经徐村、大会岭脚、篁庄西山背、石庄、敖里、西坑、石门、上垟、下垟至景宁县界，路宽1—1.7米，长42.5公里，该道路随山势起伏，险峻难行。上

172

垟、下垟一带居民稀少，山野偏僻。全线峻岭占三分之二，著名的有大会岭、西坑岭、石门岭、上垟岭，以石门岭、大会岭为最。……该道历来为通景宁、云和等县之咽喉。抗日期间，省府移驻云和，文成人民曾沿该道长途肩挑公粮，送至云和交纳；景宁物资集散，亦经大岊转运，商贾行旅往来频繁。"还有史料记载，文景大道建于元明时期，均赖各地热心修桥补路之士独资或为首募捐，一段段修筑，一村村连接，世代相传，遂成大道。

一

几百年来，文景大道连接着大山与村庄，成了文成至景宁最大、最便捷的道路，路面宽大整齐，行人络绎不绝。在"交通靠走，通信靠吼"的年代，文景大道跨河走村，横亘穿梭在茫茫大山之中，它是村庄之间的联络线、物资交流的运输线，甚至可以说，是人们存活的生命线。在漫漫岁月里，人们就在上面行走着，小道辟成大路，小苗长成大树，坚硬的石头也被踩得光亮。谁都认为，大路会这样永远延伸下去，永远与人们的生活紧密联结在一起。

但不想，改变马上就来了。1958年至1964年，国家修建了大岊至景宁东坑的公路，公路在大山中盘绕，把文景大路截成几段，仅留下诸多的山岭，如大会岭、垟源头岭（西坑岭）、石门岭、上垟岭、西寮坳岭、下垟亭岭、下垟水笕坳岭等。后来，

下垟亭岭

地方政府又建造通村公路，这些岭又被乡间公路截成几小截。有了公路，行走山路的人越来越少，特别是近几年，百姓富裕了，家庭汽车多了，在古道行走的人就更少了，大路也就杂草丛生、日渐荒凉了。

但将"荒凉"用来形容整条古道还是有点偏颇，大会岭就是例外。《文成县志》载："大会岭岭长5公里，三分之二路段由花岗岩石板铺筑，宽1.2—1.7米，梯式台阶，整齐排列，陡直而上，雄伟壮观，堪称全县第一岭。中间'斗米直'，意指食斗米方能攀登。岭两侧古枫浓荫蔽日，有亭数座点缀其间，景色如画。"大会岭是最重要的交通要道，古人为建设这条山岭也下足了功夫，但"岁月不饶路"，即使是这样的古道，也在20世纪末期被人慢慢遗忘，日渐冷落。幸好21世纪初，又有人发现了红枫的美丽和古道的韵味，交通要道瞬间化身为旅游胜地，枫叶红透时，这里成为旅游爱好者的打卡点，人来人往，其盛况胜过当年。我多次爬过这条古岭，还写了一篇散文《红枫古道》来描写它的热闹与美丽："古道上，行人如织，前者呼，后者应，伛偻提携，往来不绝。道旁枫叶已经红透，几条枝干伸展开来，斜伸到绿树丛上，格外鲜艳。抬头往上看，枫叶在阳光的照射下变成半透明状，一叶

大会岭

叠一叶，仿佛成了一片红云，阳光从树叶缝隙中射进来，斑斑点点，如梦似幻。转过身往下看，发现自己已处在枫叶的红潮之中了，一阵风过来，枝条上下翻飞，枫叶满天飞舞，犹如天女散花，令人陶醉。透过树枝，可远远看见山脚的梯田、山村的白墙红瓦，恍若天上人间。"

可惜，这样的热闹也就枫叶红透时前后一段时间。今年5月的一天，我与几个朋友去爬岭时，这里冷冷清清，除了我们几个人的声音外，就是鸟鸣与风声了。

二

垟源岭与石门岭也是红枫古道，但它的命运就有点惨淡了。垟源岭在文成县文物馆编的《古韵寻踪》中有记录："位于西坑镇叶岸村叶岸桥至旁边垟村垟源头自然村，东西走向，明代建筑，全程 2.6 公里，平均路宽 1.1 米，前面路面以踏步为主，较低。沿途有古枫 52 株，古枫香树下设有简单石凳，沿途自然人文景观有松树林、竹林、叶岸洞桥、叶岸洞桥亭、十字路亭、岭头亭、半岭亭、半岭双通亭、叶岸水井等。"

垟源岭我走过两次。第一次是几年前的秋天，小雨过后，天灰蒙蒙的。我从山脚爬至岭头亭，路的中途有村庄，名为半岭。半岭村已通公路，山道被公路截成几小截，枫树众多，路却大多不可行，只能顺着公路行走。半岭以上路段荒凉不堪，路仍在，但茅草萋萋，高过人头。令人惊喜的是路旁的树林里长着蘑菇，像一把把圆圆的雨伞静立在树丛中，瞬间引发了我美好的回忆。我在路上遇到一个村民，他挑着两个箩筐，筐内满是大大小小的蘑菇。我问：这么多蘑菇吃得完吗？他答，晒干卖给酒店，酒店卖得很好，每年都向他订购。半岭村里还住着人，我问路时，他们吃惊地瞪大眼睛，说现在竟还有人走山路，听说我是来游玩的，就劝我换个地方走走，说这里行人稀少，林密虫多，路湿石滑。村人的真诚使人感到温暖。

第二次去是 2022 年 9 月，这次我专门去看路。我从旁边垟村往下走。道路比上一次更荒凉了，杂草丛生，但路面完好，台阶不高，石块仍整齐排列。路两边本是田园，如今都栽上了树，树已成林，阴森森的，路就显得更窄了。这次我请了文成县实验小学的钟金锋老师为伴。金锋是下面的龙口冈村人，但他对这条路了解不多，他只能告诉我当时哪个地方有屋，哪个地方有棵大枫树，哪座山古代建有山寨。他还说，他父亲为了解决村里的饮水问题，曾带领村民在岭头筑坝引水，可惜父亲英年早逝，没造成功。他指着路边的水沟给我看，那里的确有一条人工挖掘的沟渠，沟渠很宽，看来当年人们是下过大决心的。

三

爬石门岭的时间也是 2022 年 9 月。《古韵寻踪》也记载了石门岭："石门岭红枫古道位于西坑镇西坑村古洞坑自然村至石垟乡石门村，东西走向，明代古建筑，全程约 4.2 公里，平均路宽 1.1 米，路面早期用毛石修缮。古道上通石垟乡、景宁县，下达西坑镇、大峃镇、瑞安县，为旧时交通要道，沿途人文景观有古洞坑石拱桥、叶氏大宗祠、石门村地主殿、西坑村石拱桥，还有楒树林、竹林及 17 株古枫香树。"

这是我第一次爬石门岭。1981 年我去西坑读初中，当时大峃至上垟已有客车，车费 4 角 5 分，我舍不得花钱，上上下下大多步行，但都是从公路上行走，不知道从石门到西坑有一条山道可以通行。

这次我请了退休干部叶凤新同行。老叶是石门人，不知在这条山道上行走过多少次，对山道的景物了如指掌。他说印象最深的是小时背苦竹儿去西坑卖，舍不得穿解放鞋，又买不到草鞋。石门岭脚古洞坑桥边住着一个双脚残疾的老人，编草鞋卖，2角钱一双，便宜且结实，生意很好，不知为什么，却不编小孩的草鞋，因而那时的他只好赤脚行走，夏天路石被太阳晒得发烫，踩上去脚底就像被开水浇过一样，那感觉至今还记得。

我们从石门村庄的旧址往下走。石门本是一个千年古村，黑压压的老屋建在山坡上，高高低低，错落有致，非常美丽。2005年台风"泰利"来袭，泥石流奔泻而下，冲塌房屋，死了5个人。于是这里被鉴定为地质灾害点，整村搬迁，老屋拆除，村庄转眼间变成了层层农田。我们从这里经过时，稻谷已由青转黄，丰收在望。

道路弯弯曲曲一路向下。在老叶眼里，路上的每一块石头都有故事，哪里有房子了，哪里道路有改动了，哪里发生什么事了，他如数家珍。老叶一路说，我一路听，走走停停，因而四五千米的路，我们走了两个多小时。上段的路况比垟源岭好许多，虽然都是毛石构成，但石头都摆放有序。路两旁的草木也仍有人整理，因而路面就显得开阔干净。虽然中间有一段因造G322国道线破坏了一些，但整条路还算完整。下段就不一样了，石门亭至古洞坑桥路面没人清理，路上已长满杂树野草，看不出路的样子，我们只能慢慢用双手理开杂草，小心拨开荆棘，从树丛缝中钻过去。幸好这段路不长，只有两三百米。我与老叶从小都在山中长大，因而也没感到有多大困难。

因为是红枫古道，我也特别关注枫树，老叶说本来这一路都有香枫的，特别是下半段路，枫树一棵挨着一棵，大的要二三个小孩手拉手才能抱得过来，可惜，我们去时，枫树已变得稀稀落落，只有石门亭上面的一段路中还有七八棵。枫树参天耸立，孤零零地站在古道旁，令人感叹不已。

让老叶感叹的还有石门亭。老叶兴致勃勃地引我去看亭，但亭已没了踪迹，此处早已变为园林，修竹婆娑，柳杉青翠，惊得老叶呆立在那里。细算起来，他已有20多年没走这条古岭了，但在他的印象中，石门亭仍然存在。这个路亭很大，是面宽四间的房屋。亭名为"马鬃寨茶堂"，为叶氏长辈叶长通所造，历代雇人给路人烧茶，管理山林。20多年前，亭里仍有人居住，不想转眼亭就没了，留给老叶的只有一丝模糊的记忆。

幸好路上的故事很多。有关于村名"石门"来历的，说石门东面溪坑有对石门岩，南面山脚有个石鼓岩，西面山腰有座鸡冠岩，石门岩每天开合，五更时分，石门就会嘎嘎地打开，石鼓就会咚咚地敲响，石鸡就会喔喔地高叫，人们又开始一天的生活；有马鬃寨的故事，说远望这座山与周围山连在一起像极了一匹马，而此处树林茂密，极像马鬃毛，古代有人在此立寨，打家劫舍，故称"马鬃寨"。还有关于"老婆田"的，说古道的上面有一丘粮田，绕过三垲五冈，长1000多米，田主人有个俊俏的女儿，闺中待嫁，田主人决定以插秧考验的方式来招亲，谁能直、横、斜五行插得又直又均匀，而且能在半天内从田头插到田尾，就把他招为女婿。报名者纷至沓来，但一见水田，大多掉头而去，田太长，这是个不可能完成的任务。也有抱着侥幸心理下田试试的，也都以失败告终。有一个青年终于完成了任务，却在站起身时，天旋地转，翻下深沟而亡。第二年，一个叫赵文的后生来招亲，也如期完成任务，站起身时也一阵晕眩，幸好叶家小姐已对赵文动心，早站在田尾等待，赵文将要翻下田坎时，叶小姐一把将他拉住，于是赵文就成了乘龙快婿。

让我感兴趣的还有一座古墓。古墓就在老婆田下，马鬃寨的西面，椅子形，由墓室、拜室与墓圈组成，但长久无人打理，已长满野草与狼萁草，墓石残缺不全。奇怪的是，2010年，一群刘姓人士在墓的上方立着一通石碑，上刻"诚意伯长子刘仲琏参政公墓"。我查了《古韵寻踪》及有关资料，发现刘琏墓在南田某处，将此墓定于刘琏之墓明显有误。但奇怪的是，其墓前有一垄长几百米、宽两三米的农田，就名为"坟前眺"，一块田以墓为之命名，显然这座墓在古代是有点名气的，那这到底是谁的坟墓呢？

令人惊喜的是岭上还住着人家。在大路半岭名叫"亭后"的地方，一条小路往右百来米，有一座木屋，木屋破旧，但还算整洁，灶台简陋，物件却摆放有序，灶台旁有砖砌的水缸，山水顺着皮管汩汩地流淌。屋里没人，四周静谧，我们转身往外走，却见一人一狗慢慢地从长满稻谷的田间向我们走来。老叶与主人是相识的，站着闲聊，屋主人说父辈来这里定居，上百年了，本有五兄弟，但都已搬走。他也搬到小镇住了几天，觉得不习惯，又独自回到小屋居住，这里清静、自由。

想想古人的生存能力真是很强，荒山野岭，只要有水有田，搭一个草寮，就可安家繁衍。老叶说，本来石门岭上居住的人是很多的，但古道荒凉了，人也渐渐搬走了。古洞坑桥边打草鞋的老人，年轻时与一个来乞讨的女人结成夫妻。他雨天打草鞋赚钱，晴天拖着锄头爬着上山种作，历尽千辛万苦，终将三子一女养大成人。老人已经作古，四个子女也搬到城镇居住，经历无数岁月的房屋已倒塌，我们走到古洞坑桥边，看到的只有破烂的橡

石门岭古洞坑桥

梁、零落的瓦砾。

走过古洞坑桥，红枫古道就画上了句号。但古洞坑至石门的长度只是红枫古道的长度，完整版的石门岭的长度远不止于此。往上，经过石门村延至枫树亭，仍有 2000 多米，皆为山岭，两边是农田，已很少有人种作，道路已长满野草，衰败不堪；往下，沿着古洞坑桥往外，一直延伸到西坑村，道路变得开阔、平缓，路旁溪水淙淙，两边稻谷飘香。

四

国庆假期我又爬了上垟岭、西寮坳岭、下垟堂岭。我老家在上垟村，上垟岭与西寮坳岭就在村庄的两头，常有行走，也很熟悉，路面坑坑洼洼，台阶残缺不全，两边是农田，种作的人来来去去，因而路的样子还在。下垟堂岭离我家乡也不远，但我却是第一次去，起点在石垟林场三潦坑，弯弯斜斜地延至山坳，经常有人整理，因而路面开阔、平整。翻过山大约就是下垟地界了，一直往下到乡村公路，道路仍在，也经常有人行走，但显然缺少管理，因而杂乱了许多。

这次我约了村里的朋友运德一起去的。我俩还专门去探访了下垟堂的遗址。下垟堂是一座茶堂，建在三潦坑的大路边，取名清莲堂，也许当时这里是下垟的属地，又因为此堂为下垟李氏所建，因而人们习惯称其为下垟堂。据下垟李氏族谱记载，茶堂三开间，两层楼，李氏还将旁边的一号田作为"堂田"，安排一户人家在此烧茶，此举延续了上百年。可惜我们去时，这里早已没有茶堂的踪迹，只有几棵当年栽植的楮树仍在，树大逾尺，直冲云天，秋风吹过，呼呼作响，像在向人们叙述着当年的故事。

路亭和茶堂真是美丽的存在，它给无数行人留下温暖的记忆。试想一下，在并不久远的过去，炎热的夏日，一个人或一群人从古岭上来，肩上或许还挑着沉重的担子，汗流浃背，气喘吁吁，猛抬头，前面是一座整洁的小亭，坐着歇息片刻，吹着习习凉风，或许还能喝上一杯清甜的凉茶，这是怎样的一种享受。路亭（茶堂）都是一方绅士独资或首倡为路人修建的，有人还专门拿出钱财来维护，雇人给路人烧茶，清莲堂、石门亭莫不如此。退休老干部周运懿老师一直在挖掘鳌里文化，听说我在写文景大道的文章，就专门发来短信，说从大岇至上垟段文景大道可以说是鳌里周氏与人为善的缩影、修心行善的见证。鳌里周氏在大会岭的半岭建了会岭亭三间供人休息，还拨出二十二石作为茶堂的费用，并在中堂塑佛像，招僧人祀之。后又在大会岭建了云顶堂，在石门岭头建了枫树亭。

其实何止建亭呢？修桥补路一直是公认的造福他人的善举。路面的每一块石头，小河上每一座桥，无不承载着先辈的汗水，体现着一代又一代人的美德。相比出资的绅士，贫穷百姓修桥造路更令人感动。垟源岭半岭村的双通亭，1643年建造，到民国时已破烂不堪，西里一村民晨来暮归，不辞辛苦义务劳作一

垟源岭双通亭

个多月重新上梁重修；下垟堂岭，本来比较陡峭，清嘉庆年间
（1796—1820），下垟村民张朝瑞一个人扛一把锄头，将之改
为"之"字形，后因道路泥土松软，不好行走，又是他以一条扁
担、两头畚箕，从远处挑来石头，砌为石道。故事简单，但听来
令人动容。

　　水笕坳是文景大道在文成境内的最后一段路，它在下垟西
面，由下垟通向景宁录筒。水笕坳名字古朴，但路却完全失去了
古味，大部分被通村公路所替代，剩下的不是布满荆棘无人行
走，就是已用混凝土硬化。但我们在与景宁的交界处看到一块界

碑，十几厘米长，七八厘米厚，五六十厘米高，它倾斜地立在路边的高坎里，字迹已模糊不清，几个人反复辨认，才看清几个字，中间字稍大："□□院都监立界牌"，两边两行小字，左边是"景宁□□会巡至此"，右边是"青田□□至此"。在当时立界碑显然是件大事，须经双方地方长官共同测定确立，可惜经历了几百年的风风雨雨，从碑上已辨不清立碑的时间与人物了。小小的石碑就像一个句号，为文景大道文成段画上句号，也为我的这次探访活动画上句号。

行于古道，就像走进美丽的岁月，满目是秀丽的风光，满耳是动人的故事；品味古道，就像在咀嚼一部古老沉重的历史，才能明白什么是时过境迁，什么是沧海桑田。

银坑洞：一个与银有关的山洞

《泰顺历史三千年》中叙述："从明英宗正统年间（1436—
1449）至明神宗万历年间（1573—1620），白银从不准作为流
通货币转变为法定货币，最终取代纸币成为主要货币。在这白银
货币化、主币化的背景下，福建、浙江两省相继开采了一批银矿，
因而成为明朝主要的产银省份。"温州府是浙闽两省四个主要银
场之一，而泰顺是温州府最主要的产银县，至今还保留着许多采
矿遗址。

由此我想到了文成。文成与泰顺仅一山之隔，泰顺是银的主
矿区，文成是否也有银矿？在那火热的挖银运动中，是否也会留
下一些采矿遗址？

于是我翻找资料，四处打探，但结果却是沮丧多于喜悦，文
成有许多含有"银"字的地址，但稍做分析，就发现大多与银没
有多大关系。我翻阅了吴鸣皋先生的《文成见闻录》，里面有关
于银洞的记载："银洞在中樟洞坑猴驮坪对面山上。有洞二个，

洞口距离甚近，上洞口小内宽大，深 15 米；下洞较浅，内大如一间屋，有甘泉，细小如线，可饮用，洞外堆积了很多碎石块，是当时开采银矿时挖出的岩石。"山洞的面貌描绘得很详细，方位也交代得很明白。可是我四处打听，却没有人知道洞的具体位置，只好作罢。

黄坦林山村有一条河叫"银场坑"，黄坦到双汇溪的大道就从这里经过，因河水很大，在清嘉庆与道光年间，当地人就筹资在此建桥。桥的两头是农田，农田后壁有一个很深的山洞，据说这山洞就是古人挖银留下的遗迹。听到这个消息我很兴奋，连忙约朋友前去探寻，结果却令人气馁，山洞上公路加宽，挖出来的土石倾倒在公路下，洞口早已被土石填塞，我在向导的指引下上上下下寻找，希冀找到一条缝隙一窥山洞的面貌，结果却失望而返。我向当地人打听，知情者告诉我其实这洞并不深，只有 1 米多高，二三米深。只是传说很神奇，说古时此洞其深无比，站在山洞里，能听到汇溪河里撑篙拍击河水的声音，后来洞里出了妖精，法师带天兵天将进洞灭妖，事情没搞好，掉下大石阻塞了山洞，将妖与人都挡在里面，山洞也只剩下这短短的一段了。看来山洞与银矿没什么关系，只是传说将山洞神奇化了。

但文成还真的有银矿，真的有古人采矿的遗址。遗址是一个山洞，名为银坑洞，处在铜铃山的景区内。说得更具体一点，就在壶穴所在的山峡出口处右边十来米高的山坡上。此地在开发为景区之前就叫"银坑洞"。20 世纪 60 年代末，政府出资在这里建造水电站，称为高岭头水电站，容量不大，年均发电量只有170万千瓦时，但它却改变了周边村庄照明的历史。1987年11月，上游建造新高岭头水电站，旧水电站被废弃，电站水库被平整为景区停车场，厂房为木石结构，立在山脚下完整如初，被改造为景区的工作房，连接水库与厂房的石道仍在，布满青苔，散发着浓浓的古味。

关于采银，这里有很多传说。据说，领头挖银的名叫陈倘，很有些本事，能飞檐走壁，晚上不住工棚，而是飞到悬崖上的山洞去睡觉，将银藏到洞的隐秘处（老人说真有这么一个洞，如今仍在）。挖银虽辛苦，但收获颇丰，当地有歌谣"大路上大路下，三步上三步下，金银三满担"，唱的就是陈倘担着银子回家的情景。可惜他挑着银经过杨山底的洞桥时，被杨山底的"草王"抢了。草王是杨山底苦槠坪人，家有七兄弟，个个本领高强，在苦槠坪立寨抢劫，陈倘不敌，银子就被他们抢了去。陈倘当然不甘心，就请来江西的方士想方设法截断了杨山底的风水龙脉，草王于是走向衰败，杨山底也失去了往日的辉煌。

当地老人说，采银人挖出矿石，就担到河边捣碎，再用石磨磨成石粉，然后放到石水槽中冲洗取银，在建造水电站前，还有人看到过石磨及洗银槽，只是不知什么时候发大水，将石磨与洗银槽冲走了。

我筹划着去勘探银坑洞，看似简单的事情却一拖再拖，真正出发时已是2022年初夏。我与同伴做了充分准备，买来头灯、雨靴、柴刀、小锄头，还有口罩。前往银坑洞的路上，我还是有点不安，传说银坑洞是很深的，有几百米深，人站在洞里，能听到山上人家的鸡叫声。这么深的洞，情况不明，是否有点危险？我又担心，山洞历经几百年的时光，是否早已被阻塞破坏，像银场坑一样，只剩下一个传说。

但不安马上被见到山洞的兴奋替代了。我们将车开到景区最下面的停车场，顺着水电站前的山道往下走到山脚，再从水电站厂房的后面绕过去，沿另一条山道往上爬10余米，山洞就在路的左侧。银坑洞门口是一小块平地，因长久没人走动，已长满野

原高岭头水电站厂房

草。银坑洞外面由山间块石沿山体倾斜垒筑。洞口呈长方形，宽
1.1米，高2米，平顶，底部由山间块石铺就。

　　我和同伴提着背包往洞里走。入口处有房间那么大，3米多
高，2米多宽，地面用碎石块铺成，很干净，好像刚有人收拾过
似的。往里走10余米，洞开始往上延伸，顺着人工铺设的石台
阶往上爬，洞体逐渐变窄，仅1米多宽，但很高，最高处看起来
有10余米。我边走边看，头灯四下扫射，捕捉着古人采银的痕迹，
寻找着闪闪发亮的银矿石。山洞被挖凿的痕迹很明显，却没有发
现银矿石，只是在石壁上偶尔看见一两点闪闪发亮的银白点。朋

银坑洞洞口

友突然惊呼，我顺着他所指的方向看去，高高的石壁上，真的有一片闪闪发亮的白点，只是我们不能判断这是不是银点，太高了，也不可能敲一块带回来让行家鉴别一下。

渐渐地，洞里的臭味越来越浓了，踩在地上，脚下软绵绵的。低头看，是黑乎乎的污泥，抬头看，头顶上的蝙蝠像一个个小布袋似的挂在上面，我估计脚下的污泥大半是蝙蝠的粪便，臭味大约就是这些粪便散发出来的。因受灯光的干扰，有些蝙蝠飞了起来，绕着我们盘旋，我们顿时毛骨悚然，连忙戴紧了口罩。

但我们仍不愿意放弃，继续顺着山洞往里走，不一会，我们就听到水流的声音，抬头看，路的侧面是光滑的石壁，水贴着石壁急急往下流，我把手贴在石壁上，感到冰凉冰凉的。走过石壁，石道转而向下，走了十几步，道路就到头了，分为两条细窄的裂缝。一条向前平伸，前面是一个低矮的小洞；一条往上，极陡，没有台阶。我试了试，发现都不可能前进了。朋友比我瘦小，弯下身子朝洞口往里看，说里面也就是石壁了。

于是我们往回走，细算一下路程，山洞其实也就 80 多米深，但这已是我爬过的最深的山洞了。我有点感慨，在宋朝或明朝，这里应是穷乡僻壤，荒无人烟，古人是怎样发现这里蕴藏着银矿的呢？为了细小的银粉，他们风餐露宿，筚路蓝缕，经历了多少苦难？

一个山洞，也是一个生命，有出生，就有消亡，只是周期比别的生命长很多而已。而银坑洞，经历几百年的风雨，没被自然吞没，在几次建设中也没遭到破坏，水电站建成后，还对山洞进行了维护，对洞口进行了修整，在地上铺设了台阶。2012 年，银坑洞还被列为文成县不可移动文物，实在是山洞之幸，也是我们这些好事者之幸。

走出洞口，阳光越过树顶铺洒到我的身上，我一下子从历史走向现实。我抬头看看铜铃山，四周景色秀丽，鲜花盛开，清亮的河水从壶穴里漫出来，哗哗地向我奔来。它们在向我叙述什么故事呢？

象垟十二景：活在古诗中的风景

象垟就是我的故乡文成上垟。家乡后山还没有被村人建房之前，看上去很像一头大象，据说象鼻子一直伸到如今的村中央，因而故乡就取名为"象垟"，20世纪50年代不知是什么原因，改为现在这个名字——"上垟"。周姓在这里已繁衍了25代。这个小山村在明清期间出了几个秀才，文才都不错，而且喜交朋友，经常邀请朋友来游山玩水，因而留下了很多诗词。这些诗词都收录在周氏族谱中。其中，瑞岜庠生赵鸿钧写的《象垟十二景》最有代表性，涉及的景点最多，将其与现在的景色对照起来欣赏也很有趣味，不妨一读。

清溪绿水绕西流，鳞屋一村楼外楼。虎尾岗屯霞霭霭，龙婆潭影日悠悠。石鸡八卦岩边唱，金吾三重漈上游。法宝坛①中羊迹遍，仙姑洞里鸟声柔。牛塘曲岭棋盘古，鹤息高峰宫殿幽。

---

① "法宝坛"，应为当地景点"法宝坦"，赵鸿钧在本诗中误写为"法宝坛"。

上垕全貌

十二蛟池银浦口，五层佛塔铁山头。门斜杨柳含青色，窗销罗松缀翠稠。胜迹石船今尚在，乡间姓氏万家周。

　　文中写的第一景虎尾岗就在上垕村的西面，村前的小溪沿着这座山缓缓流去。现在看来也就是一座平平常常的山，但这座山在传说中却充满神奇的色彩。长辈对我们说，这座山像一艘大船，给我们的祖辈运来无尽的家财，因为有了这座"福山"，祖辈做什么都赚钱。但事物相生相克，有"福山"就有"祸山"，对面有一座名为"火烧山"的山，祖辈一发财，财物就会被大火烧掉。为了镇住作怪的火烧山，祖辈就在它的山脚造了一座桥。火烧山被镇住了，家乡几百年都没发生过什么大火，但船也被挡住了，再也运不进来大笔的钱财。故事当然是编起来骗小孩的，但也可见这座山在我们祖辈心中的地位。我想这座山的景色在古代会相当不错。它是上垟往景宁方向的必经之路，路幽树茂，绿水长流。主编周家族谱的赵品芳曾为此写了一首诗：

水绕川流曲曲溪，岗峦虎尾伏村西。风生马阜柴门掩，罩璃坳客行路迷。碧雾山中文豹隐，红霞嶂外白猿嘱。上湾茅屋今何在，依旧春风草又凄。

诗中的"虎尾""马阜""罩璃坳""上湾"等是地名。山路曲折通幽，禽兽出没，果真是一个好去处。

龙婆潭在林场与上垟两条河交会的地方。潭极深极幽，我们小时候经常去游泳，没觉得特别好看，只觉得特别好玩。因建造高岭头水电站，龙婆潭已经被淹没了。不知它在古代有多美，被列入十二景之一。

第三景是指两块石头，八卦岩上面平平坦坦，呈现八个角的形状，因此称之为"八卦岩"。石鸡岩形似公鸡，就在其不远处，因而就有"石鸡八卦岩边唱"的诗句。传说有"吃上垟，荫苦坑"的说法，说这八卦岩立在上垟的地盘内，荫庇的却是苦坑这个地方。苦坑是一个地名，因有八卦岩的荫庇，在此处的某个地方建房子，家族就会兴旺，后代就会当大官。当然这不是一般的人能看破的，最后被一个高明的风水先生看出来了，但他也推算出，如果帮助别人选址建了房、当了官，他自己就会双目失明。但不知是出于职业操守，还是为了显示自己的本领，他还是将这个秘密告诉了当地的一个财主，而且约定，这户人家要帮他养老送终。后来这户人家果然人丁兴旺，竟生了18个儿子，儿子长大成人后，就接二连三地去当官了。开始这户人家如敬神一般对待风水先生，渐渐地就冷漠了，后来，在家寂寞的女主人们竟对风水先生怨恨起来，再也不用好菜好饭款待，而是将马吃剩的粥端来给他吃，所以小孩也称这风水先生为"马粥先生"。这事不久就被风水先生发现了，他弄来一条白狗，将狗血溅在八卦岩上，岩石就失去了神奇的功效，风水先生双眼复明后走了，这户人家的男人也一个个被罢官回到家里。故事当然不能当真，但我很想探究一下：这些男人回到家时，这些在家的妇女是高兴还是悲伤呢？

三重漈这地方我也没去过，据我家乡的朋友讲，这是个很美丽的地方，我叫他带我去走走，但被他坚决地拒绝了，说等到冬天才行，理由是那里毒蛇很多。他怕蛇，我也怕蛇，游玩的计划只好搁置。这个景点在石垟林场干坑坳的山坳里，一条溪流由山上奔腾而下，一个瀑布接一个瀑布，景观蔚为壮观。水清澈见底，山碧绿成荫，飞禽走兽随处可见，的确是值得一去的好地方。难怪赵鸿钧对这个景点充满遐想——"金吾三重漈上游"。我怀疑这"吾"是"鱼"之误。金色的鱼儿在清澈的水中悠然地游来游去，这是多么美丽的景色啊！

关于法宝坦，我问过很多人，奇怪的是，竟没有一个人告诉我法宝坦在哪里，连老人也说，他们听过这个名字，但具体在哪里就不知道了。但这景点在古代是很有名的，有一个署名瑞邑县丞赵世琴的人写了一首取名为《法宝坦》的诗：

仙师向日下嵩崧，漫叱成群羊迹踪。高岭头上天气朗，鸡冠崖背夕阳共。三仙叠石堆湖白，五叶莲花映水浓。昨梦金华山煞丽，今观银浦洞烟重。欣看法宝坦禅处，胜境流传第一峰。

法宝坦不知在何处，但这首诗中的几个景点村人却大多知道，如高岭头、鸡冠崖、三仙叠石、五叶莲花、银浦口。三仙叠石还在，由三块石头堆叠一起，故称三叠岩，在现在的铜铃山景点上首、种羊场的旁边。五叶莲花是一个地名，就在三叠岩的旁边，而银浦口却在铜铃山十二埭的下游。看来，法宝坦就在这附近，几个景点如果连在一起，那真是一件幸事。

与法宝坦一样，已不为人知的十二景中还有仙姑洞与铁山头。"仙姑洞里鸟声柔"，我想，这一定是一个非常清幽而且比较大的山洞，奇怪的是，我询问了好多人，他们都不知道这个洞在哪里，后来有个人告诉我，洞大约在竹苗的某座山上，我与朋友在山上找了一遍，始终没发现洞的所在，难道几百年的变迁，将原有的山洞封闭了？铁山头应该还在，但哪座山当时名为铁山头已无人知晓，也不知诗中所指的五层佛塔是怎么回事，是果真有佛塔还是山形像五层佛塔？也许这永远是一个谜了，我反复翻阅族谱，在上面找不到一丁点有关这两个景点的信息，想进一步考证也无从入手了。

与法宝坦、仙姑洞、铁山头三个景点相对的是，水牛塘、十二蛟池、鹤息峰却被今人所熟悉。十二蛟池就是现在的铜铃山峡，已开发成国家森林公园了，其核心景点就是壶穴。这壶穴正好有12个，当地人称之为"十二埕"。诗中名为"十二蛟池"，也许是写诗字数需要，也许当时就名为十二蛟池，因为在当地传说中，这12个壶穴是由一条蛟龙离开生母时磕头形成的。水牛塘现属石垟林场，后来建设为月老山景区，是以爱情为主题的景点。可惜诗中提到的棋盘岩却不知在何方。我问过一些老人，他们都说不出个所以然来，不久前我问过林场的一个老工人，他说被称为古棋盘的石头就在通往防火台不远的山上，我依他所指，特意去那里找了一圈，可惜也没找到，又有人告诉我在八卦岩往上1千米处，但我最终没去寻找。鹤息峰就是现在的绿水尖，2005年因台风"泰利"造成大灾难的石门村与丰龙村就建在它的半山腰上，我小时候多次爬到上面去玩，有一次还与同村的伙伴在凌晨爬上去看日出，成为村人的笑谈。站在山峰上，沐浴着清风，呼吸着清甜的空气，一览众山小，一股豪情油然而生。我想古代的景色比这更美，自称裔孙的邑庠生壹泮写了一首诗，赞美鹤息峰：

避秦何必武陵游，鹤息峰巅景色幽。遥望云山千里外，俯观烟水百川流。遨游槐岭星飞马，误认桃林野放牛。不待兰亭传胜事，清风明月共悠悠。

贡生张美纶也写了一首诗：

鹤息高仑旭映收，春光草色露华稠。风生六月仙宫冷，日落孤峰古殿幽。槐岭云中骑白鹿，桃林树下卧青牛。三山雅景看无厌，骚客登临去复留。

　　两首诗将鹤息峰赞得美如仙境，可以想象当时这两人玩得是如何之尽兴，对鹤息峰是如何之留恋，当时的景色之美也就可以想象了。可惜两首诗中提到的槐岭不知是指哪一条岭，桃林也早已不复存在。两首诗中说到的一个宫殿，在古代一定是非常有特色的，可惜我们至今也不知其建在什么方位。民间至今还在流传，说鹤息峰上有一个白鹤仙师，本领非常高强。也许这就是将这座高峰称为鹤息峰的原因吧。

　　在鹤息峰脚下还有一景"石船马佛上天"。在通往鹤息峰的一条路的旁边有一块大石头，当地人敬它为"石头亲爹"，我不

"石头亲爹"

知道别的地方是否有类似的现象，我们这里却真的有很多人去朝拜这块大石头，而且逢年过节去给石头上香，说是这样可保佑人平安康健。山上的大石头很多，村人却唯独敬畏这块石头，我猜有两个原因：一是石头从一个侧面看的确有脸的模样，眼睛、鼻子隐约可辨；二是传说中这石头是吕洞宾要挑到天庭去的石头，因扁担断了，一块滚到山这边，就是"石头亲爹"，另一块滚到山那边，就是"石头亲娘"，只不过这个"石头亲娘"不如"石头亲爹"人气高，逢年过节没人给她上香。说这两块石头是吕洞宾挑来的当然也有证据，在"石头亲爹"的旁边就有半截扁担插在地上，这就是吕洞宾的扁担，也就是诗中所说的石船。神仙挑的扁担当然不小，因而看起来也像石船，有意思的是顺这条路往上走几步，有一块石头上凭空生出两个石窝，像两个马蹄印。村里人又传说是马佛得道升天时留下的，所以这个景点就叫"马佛上天"。前人也在这里留下一首诗，是郡增广生张鸿翔写的：

幽宫清景竹松林，东野平铺瑞霭侵。可奈石船停浦岸，却教马佛上天浔。鸡川岭北风光美，鹤息峰前霁色阴。昔日神灵都不见，一双仙迹露岩心。

最值得感叹的是文章开头引用的诗中提到的第十一景了，"窗销罗松缀翠稠"，我怀疑诗中的"销"是"对"字之误，全句应为"窗对罗松缀翠稠"，这样意思就好理解了。这棵罗松就站在我村对面的山岗上，想当年一定挺拔茂盛，可惜不知在哪个朝代，被雷电劈掉只剩下一截，树心也被劈空了，但在我小时候，它仍然长得郁郁葱葱，当时我们去树下玩时丈量过，七八个人才能围得拢，前几年我回家再一次看见罗松时，却大吃一惊，这棵历经磨难而不死的古树，竟然日渐枯萎了。我当时曾向有关部门报告，要求保护这棵古树，后来听说在上面挂了一个牌子，并无具体措施，最后还是倒掉了。呜呼，一棵古树、一个胜景就在我们这一代人的手里消失了。这棵树消失的损失也许是不可估量的，因为这个树种在我们周围竟只有一棵，我不知别的地方是否有，如果它的消失就是一个树种的消失，那我们这代人在不知不觉中犯下的错误也就太大了。

　　写完上面这些文字，我竟无限感慨。一是慨沧海桑田，世事变化之大。从古人赵鸿钧写《象垟十二景》至今，不到300年，就连仙姑洞这样的一个大洞竟也无人知晓或已消失了，让人无限感叹。二是感古人兴致之雅，通往上垟只有一条小路，可通往各处景点，可想而知这是一条羊肠小道，狼虎成群，蛇虫出没，但古人却兴致勃勃，而且留下了这么多诗句，实属难得。三是感慨文成旅游资源之丰富，一个小小的上垟，虽然古代管辖的范围比现在宽，但仍不过是一块小地盘，在古代就有这么多景点，这些景点的确值得我们去开发、去保护，使它们真正成为文成人的一笔财富。

杨顶烽：寂寞的第一高山

　　对于一个人，寂寞是什么？名叫梁实秋的人说，寂寞是一种清福；名叫陈果的人说，寂寞是一个牢笼。对于一座山呢？一座默然站立、孤寂无语的大山，寂寞又是什么？

　　杨顶烽是一座寂寞的大山。

　　《文成县地名志》载："杨顶烽，在石垟林场干坑坳林区，是南田山脉及文成最高峰。山顶有平地，设有航空标。海拔1362 米。""烽"为当地方言，地名志中注释，烽读 gāng，意同岗。因"烽"为生僻字，故很多地方也将山名写作"杨顶峰"。

　　大凡某个区域的第一高山，群山簇拥，傲然卓立，总会成为山中的"网红"，总会得到更多人的青睐，泰顺白云尖、庆元百山祖无不如此，家喻户晓，声名远扬，先后被开发为旅游景点，人来人往，络绎不绝。那杨顶烽呢？不仅游客不知其名，本地居民也大多不知其身居何处，甚至连写志书的专家也弄错了它的位置，更不用说对它有特别的眷顾了。

杨顶垟

　　大凡是大山，山脚下总会盘踞着许多村庄，有的山上还有寺庙道观，黄坦的水银尖、铜铃山镇的绿水尖都是如此。而杨顶垟呢？也许是山体过于险峻，不易耕作；也许是过于偏僻，生活不便，大山中虽有许多古人种山的临时居住点，却没能落地生根长成村庄，更别说寺庙与道观了。如果说一定要找出一个的话，吴垟（现在的石垟林场总场）可勉强算一个。花开花落，云来雾去，千百年来，杨顶垟就这样静静地站立在时光里。

　　其实，杨顶垟曾经热闹过。20世纪60年代吴垟建立石垟林场，后又在它的四周设立了干坑垴、竹苗、新演林区，每个林区工人及伐木工人最多时有上百人。很长一段时间内，工人们每天在杨顶垰周围砍伐树木，开荒造林，呈现出一派热闹景象。后来，林场工人又在山上修造了防火路。防火路是为了防止森林火灾而顺着山脊开辟的防火隔离带，有3米多宽，中间铲除了所有草木，裸露出泥土或岩石，远望去，就像缠绕在森林中的一条飘带，非常醒目。从干坑坳至竹苗林区的防火带就从杨顶垰顶峰经过。

于是，爬杨顶垰成为相对简单的事，目标确定，视线开阔，虽然防火路陡峭难行，但只要你有足够的力气与兴趣，就可爬到顶峰，因而杨顶垰就有了三三五五游玩的人。我的朋友就去过，阳春四月，带着一群少男少女，顺着防火路往上爬，满山都是盛开的鲜花，东一簇西一簇，杜鹃花，山茶花，不知名儿的花；满耳都是鸟儿清脆的鸣叫声，斑鸠，布谷，不知名儿的鸟儿。忽而，山坳处飞出一只竹鸡，咯咯咯地从眼前越过；忽而，树丛中飞出一对山凤凰，长长的尾羽在阳光中飞舞。

走着走着，一群人就被鲜嫩的山菜吸引了，有的钻到树丛中摘山蕨，有的忙着采摘梨头菜，有的还意外地找到几个山菌，高兴得直叫嚷。我朋友的心思却在兰花上，他是挖兰花的高手，远远就能闻到兰花的味儿，不费力气就能采到含苞欲放的春兰。如果不是一对热恋青年催促，大家真会忘记初来的目的。这对青年要在顶峰完成一项庄严的仪式，他们要将两人的几根头发结在一起，放在山顶的大石头下，让高山见证他们的爱情。于是大家又嘻嘻哈哈爬山，到山顶喊着叫着帮助两人完成了仪式。大家乘兴而来，满载而归，因而这次爬山也久久地留在朋友的记忆里。

　　我却错过了攀爬的最好时机，等我想起爬杨顶垮时，它已回归到寂寞的时光，山脚的林区人去楼空，再无往日的繁荣；防火路久未清理，已长满杂草树木。但我还是认为登杨顶垮不是一件太难的事，秋后的一个阴天，我没做充分准备就与朋友兴致勃勃地出发了。我们从竹苗林区顺着若隐若现的山路向上攀爬，开始很顺利，没过多久就爬上一大段。但不久小路就消失了，我们就钻过树缝顺着山脊往前爬。不知爬了多久，下雨了，云从山坳处涌上来，涌上来，山间瞬间变成迷幻的仙境。没等回过神来，我们就被包裹在云雾中了，天地间一片昏暗。我胆怯了，呼叫朋友往回走，但没多久就发现自己迷路了，眼前一个山坳接一个山坳，每个山坳却长得一模一样，东钻西窜找不到来路，天越来越暗，雨越来越大，我开始担心自己会被困在山中过夜了。幸好朋友发现了在山间通往竹苗林区的电线，我们顺着电线的方向走，才跌跌撞撞地到达山脚。坐在山脚的岩石上，我大口大口地喘着粗气，竟有一种死里逃生的感觉。我突然想起贾岛的那句诗："只在此山中，云深不知处。"杨顶垮切切实实地给我上了一课，告诉我什么叫莽莽大山。

　　再一次去是 2019 年初，雪后的一个晴天，山下的冰雪已经融化，我与朋友从干坑坳出发往上爬。山上却是另一个世界，天地间一片素净，前后左右仍是雪的世界，白雪铺展开来，不留一点空隙，从脚下一直延伸到森林深处，细滑如少女的肌肤，纯净如琢磨后的玉石。四周一片寂静，只听到冰挂与树枝掉落在雪地上的声音。我深深吸了一口气，清凉而带着甜味。

山路被大雪封盖了，我们只好顺着山坡往上爬。山势险峻，冰雪软滑，朋友在前面走，我在后面跟着，走一步滑半步，一不小心就要摔上一跤。爬不了多久就已气喘吁吁，双手冻得麻木发痛，身上却汗流浃背。

终于爬上一个山头，一抬头，我忽地被眼前的景色惊呆了，呈现在面前的是一个粉妆玉砌的世界，树叶上、枝条上、整棵树、整个山顶都挂满了晶莹剔透的冰凌，一条连着一条，一串接着一串，一树挨着一树，高高低低、纵横交错，满山都是玉树琼枝，在阳光的照射下闪着梦幻般的色彩，我们仿佛进入了童话中的水晶宫。原来，寂寞的大山是能创造奇迹的，它在寂寞中积聚着能

杨顶埻的冰雪世界

量，默默地绽放着美丽。

但这次我们没能爬上主峰，我们真正踏上杨顶垟峰顶已是深秋了。这次我们做了充分准备，挑选了晴朗的天气，用手机找准了方向，走小路，穿树林，往上再往下，往下再往上，路程不远，但的确考验人的耐力，最后，我们爬上一段陡坡，朋友露出了惊喜的表情，说到了。

到了，众里寻你千百度，终于见到真面目。我端详山顶，前面是一片开阔的平地，足有百来平方米，顶端是平滑的岩石，长满苔藓。最顶处浇筑着两个水泥标志，一个呈三角形，高 10 多厘米；一个呈四方形，高平地面，上面也都长满苔藓。扒去苔藓，上面有字，但已模糊不可辨认。四周长满树木，最多的是松树，其他的树种类很多，大多叫不出名字。抬头四顾，从树缝中看到莽莽群山，只能感悟一种朦胧之美，看不真切，心中不免有了许多遗憾。我心想，要是在此处有一个观景台该有多好。

不想，一两年后，这里真的有观景台了。这已是 2022 年的夏天，石垟林场花巨资在山上建造了游步道，在顶峰建造了观景台。游步道一律为花岗岩台阶，从北坡干坑坳上去到岗顶，再顺着东坡到石垟林场总场。秋初，天气依然很热，我迫不及待地约朋友爬杨顶垟。车至干坑坳，顺着游步道往上爬。游步道宽大、平整，路两旁有亭子，亭刚建好不久，还散发着树木的清香；有花，有水，还有清脆的鸟鸣伴随。只是少了爬山的故事，三下五除二就爬到山顶了。

树林里的石板路

    山顶处的观景台是三层楼，正在装修，连名字也没取好。着色有点白，与青山形成强烈的反差，昂然独立。登上观景台，纵目远眺，天高云淡，四周群山环绕。往下看，过去爬得使人双脚发软的山岗都变成了矮子，朦胧间还能看到猴王谷景区星星点点的房屋；往远看，高山逶迤，忽高忽低，犹如巨龙奔腾，山中云气氤氲，山岚温润，在阳光下色彩斑驳，简直就是一幅水墨山水画。站在这里，我突然有点羡慕杨顶垟了，一座山，默默站立，远离尘世的繁杂，静静品读山间的美丽，见证人间的变化，慢慢酝酿自己的精彩。

    只是有了游行道，杨顶垟还会寂寞吗？

防火台：山上山下的前世今生

防火台是一座山的名字。

《文成县地名志》（2021年版）载："防火台，位于石垟林场水牛塘林区，山上建一岗亭，用于观察各处山林情况，故名，海拔1342米。"提起"水牛塘"，知道的人少，换成"月老山"，知道的人就多了。"月老山"是旅游景区的名字，在水牛塘林区内，防火台是月老山的核心景点。

一

防火台是文成第二高山。但这个"第二"并没有给它带来多少知名度。在石垟林场建场前的几百年里，这座山连一个正式的名字也没有，只与周围的山统称为水牛塘山，如果一定要具体指出，也只好以"水牛塘最高的那座山"指代。山上没有特别的景致，也没有比别的山景色更美丽的地方。它与周围的山一样，遍地荒草，没有一棵成材的树木。春夏一片绿，秋天一片黄，冬天

防火台晨景

一片黑。冬天，周边村民放火烧山，任其火势蔓延，一烧就是几天几夜，所有的山头都是黑乎乎的一片，年复一年，年年如此。

春雨中，小草慢慢钻出来，不久满山都长着葱茏的青草，这里就成为天然的牧场。那时家家户户养牛养羊，周围的村庄就将牛羊赶到水牛塘放牧，白天放出去，晚上赶回来。有些村民图方便，春耕之后，就将牛长期放到山上，直到秋后天寒才赶回去。

牛，特别是水牛，饱食之后喜欢躺在水里休息，一是借水解暑，二是在身上涂抹泥巴，减少苍蝇牛虻的干扰，当地人称之"牛油塘"（这里的"油"字是动词）。防火台山脚下是一片沼泽地，这里就成了牛的乐园，经过牛的踩踏与翻滚，再加上人的帮忙，这里就形成两个水塘，当地人称"水牛塘"。不知何时，"水牛塘"就成了这一片山地的名字。

防火台及周围的水牛塘山是辽阔的蕨场。清明前后，草丛里长满了鲜嫩的山蕨，周边的妇女就三三两两地结伴前来采摘，星星点点地分散在各个山头之中，少的一天能摘三四十斤，多的能摘近百斤。山蕨是山民传统的食材，可炒着吃，也可腌着吃、晒干吃，一吃就是几百年。那时节，整个山村都弥漫着山蕨的清香。

当然，村民不仅摘山蕨，也摘野菜，苦菜、犁头菜、青风丝（大青）等。父亲说，水牛塘还有一种叫"苦搭"的草，叶子与苦菜相似，但矮矮地贴在地上，只有两张叶，很是爽口，当年村民挖来当饭吃，在苦难的岁月中不知让多少人度过饥荒。可惜现在没了荒山，"苦搭"也找不到了，也不知它的学名叫什么。

村民还在防火台及周围挖"温糯"。温糯其实就是蕨根，为什么称为"温糯"，已无从考证。山民生存的智慧是无限的，粮食不够，就在冬季农闲时节上山挖温糯补充粮食。水牛塘山土肥蕨根壮，而且山上没有树根，相对好挖，缺点是离家远。村民天没亮就得出发，带一份草包饭中午在山上吃，下午挖到太阳偏西才挑着蕨根回家。挖温糯是一件费力气的活，蕨根脆，如果挖断了，里面的淀粉容易流失，要挖得深、挖得猛，才能保障蕨根完整不断。因而虽是深秋，村民还是挖得汗流浃背。

接下去就是打温糯了。打温糯需要准备一个扁平的大石板，再准备一个大木桶和一个木槌。为便于取水，打温糯的地点一般都选在河边，冬季的小溪边到处是打温糯的人，场面相当热闹，因而当地至今还有一句口头禅，叫"驮（大）桶打温糯"，比喻闹哄哄的场面。工具准备好了，就将洗净的蕨根放在石板上用木槌捶打，将蕨根捶碎，然后将细碎的蕨根放在桶里洗，使蕨根的淀粉沉淀到桶里，洗完后捞出来再捶打，一直捶到洗不出淀粉为止，然后开始下一轮的捶打。

捶完了，再用豆腐巾（纱布）滤去根渣和杂质，然后静置。第二天早上，倒掉桶里的水，桶底就有一层雪白的淀粉，村里人叫它"温糯粉"，溶入水中，在锅里熬成糊就可食用，味道与番薯粉差不多。如果不马上食用，就放在簸箕中晒干备用，干粉白色细腻，也与番薯粉相似。可加水加咸菜做饼当饭吃，也可弄成糊当菜，味道还是不错的。

打温糯说起来简单，其实是很辛苦的事。父亲说他在1956年与1957年期间，在山上搭棚挖温糯，天寒地冻，挖时大汗淋漓，休息时冻得浑身发抖。两手裂得像番薯馍糍，一用力血就往外滴。虽然辛苦，心里还是很高兴的，有了这些温糯粉，一家人就能平安地度过寒冬。

母亲对防火台的记忆是割猪草。那时母亲还是十五六岁的小姑娘，跟着对门的伯母去割猪草，猪草主要是山当归。春天里，山当归鲜嫩细小，将它们一棵棵拔起来放到布袋里背回来；夏日，山当归大了，就用绳子捆起来挑，每次能割五六十斤，我不知当年还是小姑娘的母亲是怎样背着沉重的猪草、走过十几千米的山道回到家的。有一次，突然天降大雨，母亲在山上无处躲藏，被淋成落汤鸡。幸好当时有人在水牛塘建了简易房办畜牧场，女主人与伯母相识，便找出一些旧衣服给母亲换上。时至今天，母亲说起来还很感激。

我了解了一下，最先在这里办畜牧场的是文成县的农业部门，由当时下放干部放养，1956年左右由上斜村接办，每年派人在此喂养，养有几头牛，其中有一头乌兰牛；二十多头猪，包括四五头母猪，十几头小猪；还有一群羊。但效益不好。

二

1958年，防火台迎来了前所未有的变化。

浙江省林业厅看上了水牛塘及周围一带的山地，经过勘察、规划、设计，划定了12万多亩土地，着手兴建林场，防火台及周围的水牛塘山就是林场重要的组成部分。1958年8月，林场在水牛塘设立林区，办公楼就建在防火台脚下。

这片沉寂的土地开始热闹起来。先来了七八个工人，后发展到40多人，1960年又来了一批瑞安县下放干部与支援的群众（1962年回乡），1963年开始，一批接一批的知识青年来到林区插队落户。一开始，这里只有一个工棚，60年代开始建造办公楼与住宿楼，工人们拖家带口地来此安居；70年代建起三层的办公楼，又搭建了一座车木厂房，有一段时间还办过学校；80年代初扩建宿舍楼。林场越办越像样，前景似乎一片光明。

林场工人看起来也挺令人羡慕，他们像机关工作人员一样领工资，每月24元，后来工资加到30多元，知识青年每月也有18元，另外还有零星补贴，还发粮票，节日特别是春节都能分到一些物品。林场设有食堂，不用自己烧饭，米饭放在食堂里蒸，菜也可以蒸，但想吃得好一点，就要自己烧。先买菜票，凭票去买菜，很便宜，白菜、豇豆、南瓜之类只要2分钱一斤。

其实工人工作很苦，苦得超出局外人的想象。工人每天工作8小时，春夏秋冬，早上7点出工，11点收工，下午1点出工，5点收工，每月要干满26天，缺工就要扣工资。工作的主要内容是植树造林。植树前要整地，整地就是劈山，清理掉杂草与荆棘，及时翻土，挖成水平坦或鱼鳞坑，在坡陡的地方砌坎。地整好了，就按照技术员的要求植树，植树时间以春季为主，一般要在3月内完成一年的植树任务，因而植树时争分夺秒，运送树苗、搬运肥料、挖坑种植，忙得团团转。植树完成后，还要抚育，种植后3年内要培土除草施肥，3年后树长大了要进行修枝剪伐，事情越干越多。

种植的主要是用材林，另外还种植茶树。那几年，种植茶树能拿到农业部门的化肥、农药补助，而且收成快，能让林场很快获得经济效益。当然，还要种植稻谷番薯，林场要求每个林区都要保障粮食基本自给，水牛塘林地宽，水田也不少，有52亩。林区组织种田能手组成农业组，种水稻及各类蔬菜，后来实在忙不过来，只好雇临时工，但事情还是干不完，而且这些活没有一样是不费大力气的。

我采访过老工人刘日坤，他说那几年的辛苦真是如今的年轻人难以想象的：天晴下雨都要出工；深秋田结冰了，要下田割稻；冬天下雪了，还要上山翻地。有一年冬天，路上结冰了，场里组织大家去双苗担树苗，为了防滑，大家在脚上绑上草绳，一趟担十来棵，草绳走几步就掉了，一不小心就摔个大跤。这些苦对这些土生土长的工人来说没什么，咬咬牙就过去了。知识青年可受不了，一下子来到这荒山野岭里，每天等待他们的是繁重的劳作，苦得他们直掉眼泪，有个女青年上山担菜头（萝卜），一不小心摔倒了，菜头也滚到了沟底，她一屁股坐到地上放声大哭，其他知识青年忙放下担子来劝她，劝着劝着也哭了。但哭只是发泄一下情绪，哭完仍要继续上山劳作。

当时没有公路。如今林场总场通往水牛塘的公路是1978年建造的，分场分到一辆拖拉机，运送东西就方便多了。没公路前，分场的人去总场运送东西，都靠手提肩挑。大批化肥、农药到了，分场就组织大家去挑，平时有少量货物就雇农工去挑。有一个农工叫阿玉，单身一人，为人善良，干活肯花力气，分场就将他留下来长期担任挑工，风雨无阻，工人想带点东西，他也免费帮忙挑上来，被称为"分场的拖拉机"。阿玉一挑就是十几年，一个腰背挺直的小伙子挑成了驼背的中老年，分场每个人都将他当成自己人，向总场要求将他招收为工人，保证他能有一个安定的晚年。据说当年表格都填了，结果还是没批下来。最后他老了，挑不动了，就回自己的家乡了，不知后来生活得怎么样。

老工人刘日坤回忆起他时，感慨不已。

在工人的劳作下，水牛塘慢慢地发生了变化，防火台变成绿油油的茶园。茶树像一条条长龙，从山脚一直盘绕到半山腰。清明前后，这里就热闹了，满山遍野都是采茶姑娘。林场有250多亩茶园，据刘日坤回忆，最多的一天采茶人员有300多人，这个数字有点夸张，但采茶的人的确很多，分场为此在分场外面搭建茶棚，茶工晚上就住在茶棚里，天蒙蒙亮就出工，天黑才收工。采茶工钱每斤六七分钱，每天工资有一两元，算是很不错的收入了。这段时间也是分场工人最辛苦的日子，茶青不能搁置太久，因而要日夜加班炒茶，头几年手工炒作，24小时连轴转，累得人都散架了，一粘上凳子都会睡着。有一个工人上厕所，半天没回来，大家以为他出事了，跑去一看，他竟坐在厕所里睡着了。

变化还发生在山顶上。树木逐渐成林，防火成为头等大事，1963年林场决定在山顶建造防火台，地点就选在这座海拔1342米的高山上。防火台为石木结构，10平方米大小，四面石墙，一面有门，三面有窗，房屋狭小，设备简陋。但对这座山来说，这有着不同凡响的意义，从此它有了区别于其他山的标志，有了自己的大号。

随着林场树木的变大变密，防火台的作用越来越大，场部专门派人入驻防火台，入驻人员将米、菜、水及锅碗等生活用品挑到山顶，24小时值班。这份工作轻松，内容单一，只要坐在防火台上不间断抬头观望，发现某处冒烟需马上跑到分场报告（从山上到分场需要 10 多分钟）。但要做好这项工作也不容易，自己烧饭，自己做菜，自己讲话，自己应答，寂寞难熬，清明至十月一日是防火关键期，但这段时间室内闷热，室外阳光曝晒。晚上呢？天高气爽，但山上不通电，四周一片漆黑，唯一的乐趣就是观望星空，待在上面一天，感觉比一个月还漫长。当然，如果下雨就好了，下雨天就是假日，可以下山办事游玩。

1987 年 10 月，林场投资 15.5 万元，对防火台进行改建，改为砖混结构，而且修建了林道，在上面安装了电话、电灯，工作人员的生活有了很大的改善，发现火灾也不用跑到分场报告了，只要直接打电话给场部防火办就行，防火办马上组织人马去灭火，大大提高了防火的效率。2003 年，林场又投资 30 多万元重建，将防火台改为双层砖混结构，占地 60 平方米，建筑面积达 120 平方米，有效监视面积 16 万亩。防火台不仅成为一座山的符号，也成为林区的标志。

三

慢慢地，防火台名声大了，渐渐地成为一处风景，人们就三三五五地爬到山顶游玩。我第一次去大约是1989年秋天，学校组织教师外出游玩，去哪里呢？大家就想到了去防火台野炊。于是学校买了些食物，同事带着锅子，男老师到山脚提来几桶水，顺着林道往上爬，虽是秋天，但太阳还很猛烈，好在一路上树荫蔽日，凉风阵阵，并不感觉到有多热。我们当时见到的应该是1987年建的防火台，两层楼，二楼至楼顶没有楼梯，看来设计者不愿让人上去，但我们还是找来一把梯子，从天窗爬上了楼顶。有人说站在这里可看到5个县的山头，我却分不清各个县的地界，只觉得大山层层叠叠、巍峨壮观。上面有固定望远镜，我凑上去看了一下，看大山一片模糊，林区草坪上的小鸡倒看得清清楚楚。大家集体出来一次不容易，因而玩得很高兴，还拍了许多照片，一张集体照是以防火台为背景、大家坐在台阶上拍的，前一段时间我还看到过，但这次刻意去找，却怎么也找不到了。

2002 年，林场准备将水牛塘建成风景区，同年 11 月通过了《水牛塘景区建设详细规划》评审。2003 年开始建设，对防火台进行重修，改为听月台，对当时的水塘进行清淤，筑坝蓄水，改成清波荡漾的水池。2004 年，又将当年的防火路建成通往防火台的游步道，顺着游步道先后建成月老寺、怡心亭、听涛亭、沐风亭、观云亭、缘也亭、舒心亭，并请县内的学者、书法家题字撰联。2009 年，景区承包给月老山旅游开发公司建设，景区建设进入快车道，2012 年完工，对外开放。景点有爱情海、心心相印船、水杉林、婚纱廊、爱情长廊、爱之屋、双乳峰、月老庙、世界最大红双喜字、中国生态馆、云顶观日楼等。防火台成了核心景区，生态馆与观日楼就在此山上，由当年的防火台翻建，又在上面建成滑索道。水牛塘也改名为"月老山"，准备将之打造成国内唯一的以"爱情"为主题的景区。

景区的发展好像并不顺利，曾经红火过，但又慢慢沉寂下来。其中，怡情农庄一直生意不错。夏日的一天，我开车去月老山，打开车窗，满山青翠，凉风习习。车至山庄，本以为静寂的山庄却非常热闹，草坪上有几个小孩在玩耍，走廊有几个游客正在看书、玩手机，客房里有一群人正在搓麻将，另一群人正在喝茶聊天，还有一群人正在唱卡拉OK。几处房间都没有关窗。

我顺着游步道往防火台走，水塘里清水透彻，路旁树木参天，路上游客来来往往。一群游客正坐在路亭里开音乐会，你方唱罢我登场，兴致盎然。顺着台阶往上，路旁是竹林，一些游客将吊

森林游步道

床系在竹子上，躺在上面自由摇摆，似睡非睡，旁边音箱却播放着劲歌，一动一静，也真是有趣。

我爬上防火台，观日台上竟然也有两个穿戴时髦的女郎在拍照，我问她们是哪里人，她们说是温州的，在这里避暑，已住好几天了。此时太阳正猛，但凉风吹拂，也不是特别热。抬头望去，远山苍茫，阳光下明暗交织，形成一幅美丽的山水画。

下山时，朋友给我发来一张月老山日出的照片。照片中，太阳刚刚上山，光芒四射，画面宁静壮阔。我没在防火台上看过日出，想想在清凉的空气里，静静等待太阳，看着东方渐明渐亮，一轮红日喷薄而出，那肯定是一件挺美好的事。

老昌垺头：渐行渐远的陈年旧事

去下垟爬山，一定要去爬爬老昌垺头。

下垟村是文成最西北的一个小山村，位于铜铃山镇驻地西北2.6千米处。村庄四周重重叠叠都是山，嵚崟巍峨，峻峭秀丽，形态各异。

老昌垺头在下垟的最西面，海拔1336米，是文成第三高峰。顺着山东面的一条山脊往下，有一自然村名叫"考地"，村民大多为毛姓，祖先从泰顺叶七村迁居而来，先到捣臼源（现猴王谷）烧炭卖钱，后至下垟租田种作，最后定居在考地这个山坡上。初来时，在山脊处盖一草寮居住，后人丁兴旺，就在下面平地建起木屋，称原草寮为"老厂"（毛氏祖辈方言称草寮为"厂"），山脊上的山垺也就顺理成章地被叫作"老厂垺头"，后在地名登记时改为"老昌垺头"。

远远望去，老昌垺头山势险峻，满目苍翠，与别的山没有什么不同。但它的确是一座特殊的山，它的特殊之处就在于它所处

老昌垟头全貌

的位置。文成诸山，以飞云江为界，江北之山皆属南田山脉。南田山脉是洞宫山脉分支，起点就是老昌垟头。

老昌垟头是瓯江与飞云江的分水岭。天降雨雪，一不小心被风吹到西北坡，顺山而下，就会汇入滔滔的瓯江洪流。稍不留神飘向东南坡，勇往直前，到达的就是飞云江。顺着老昌垟头东南坡往上，就见一条小河汩汩而下，河虽小，却长流不息，是飞云江文成境内最大支流峃作口溪的源头。因发源处经过一大片杉树林，故称"杉树塆"。往下流，水渐渐大了，有人在此拦坝，灌溉山下一大片农田。流出农田，水弯弯曲曲，奔腾向前，经下垟，过石垟林场，汇入高岭头水库、高三电水库，称高岭头溪。出水库一路前行，纳沿岸诸溪，气势日益雄壮，取名为峃作口溪，在龙湖村注入飞云江，总长 42 千米，流域面积 289 平方千米。

　　老昌垟头还是文成、景宁两县的分界处。山顶中间有防火路，只是有一两年没人清理了，长满了杂树野草，防火路西北方皆属景宁，东南方皆为文成地盘。秋日里，我与朋友去下垟爬山，站在顶峰之上，往西北望是群山莽莽，像是一片绿色的海洋，波浪高低翻滚，在阳光下明暗交错积叠，在正西方向有一片淡黄色特别显眼，我知道那是大仰湖，是景宁湿地保护区，那一片黄色是湿地荒草。往东南看是莽莽群山，在阳光下同样明暗交错，烟色朦胧，杨顶垟、绿水尖、防火台跃入眼帘，远远地还能看到几处村庄房屋，镶嵌在绿海之中，美丽醒目。

　　我们是顺着一条古道爬上山顶的。古道起点为下垟，经过老昌垟头相邻的山坳头，至山坳头与老昌垟头两山的坳门往下至景宁杨斜，往上经过老昌垟头至景宁大仰，全程五六千米，大部分路道处在山坳头上，因此取名山坳头岭。岭比较险峻，旧时下垟张氏家族出资修路，将路面铺上石头，在半岭修建路亭，取名半山亭。亭不是很精致，却很有名，亭前面的山也因之取名亭垟坪。如今亭没了，山路也少有人走，路上长满了杂树与野草，路面积满污泥，扒开泥土，还可看到当年铺设的石头。沿路进入老昌垟头，路中的灌木已高过人头，因而与其说我们是在路上走，不如说已在树林中穿行了。后来我们干脆离开山道，顺着山脊往上爬，山很陡，长满密密的树木，因而爬得有点辛苦。

　　古道是从下垟至景宁杨斜、大仰及东坑的必经之路，从文成至东坑方向走亲戚、办事都要经过这条山岭。但山岭过于险峻，

下垟俯视图

又偏僻，因而行走的人并不多。20 世纪六七十年代，这里成了文成村民去景宁扛木材的主要通道，山道也因之热闹了一段时间。

村民扛木材是为了赚钱。景宁县为了保卫森林，禁止木材外卖，在S56省道设立检查站拦截木材，而文成、瑞安等城镇居民建房又急需大量木材，于是就有人偷偷去景宁买木料，通过山道扛到文成地界卖给城镇居民，从中赚取差价，收入不菲，每一趟赚得少也有10多元，赚得多的有三四十元，甚至能达到50元，当年外出打工一天也就1块3毛钱，因而此举就成为村民的一条生财之道，越来越多的人加入了背木材队伍。背的人多了，政府就组织人员拦截，木材被拦后一律没收。村民为避拦截，白天休息，晚上出动，避开大道，专走险难之路，从大仰往上至老昌垟头，往下至山坳头，再从山坳头岭分道至干坑坳，接着往上爬杨顶峰至竹苗。天黑、路险，一路担惊受怕，为了赚钱实在是以命相搏。拦柴队也就相应地半夜出动，选择必经之路设卡拦截。村民骂拦柴队残忍无情，拦柴队骂村民可恶狡猾，又怎知双方背后都有着难以言说的困苦与无奈。回过头来想想，一方为了保卫森林，一方为了家庭生活，似乎都无过错，这只能说是一个时代特有的印记。

从山坳头往下也有故事。在离干坑坳 300 米左右的岭上，有许多平地，这些平地有一个共同的名字"兵棚坦"。1963 年，工程兵 8813 部队承担起建造文成西坑至景宁东坑段 S56 省道，此路段地势险峻，工程情况复杂，修建异常艰难。当时建造干坑坳段的连队四周无村庄，就在这里搭棚居住。

关于军队建造公路之事，我的老家上垟（离干坑坳 10 多千米）70 岁以上的老人都记忆深刻。当时有一支连队驻扎在村里，生活艰苦，以班或排为单位住在农房里，搭上木架，铺上稻草，20 多个人一起睡在狭窄空间里；工作繁重，不管天晴下雨，部队都要出工，特别是冬日，天寒地冻，部队仍铲开冰雪挖岩运土，晴天一身汗，雨天一身泥，村民看了都心疼。造路还需要爆破，这是一个极其危险的工作，有一个叫陈兴祥的战士因去处理哑炮不幸牺牲，永远留在这块土地上。我读小学时，我们还列队去瞻仰烈士墓。但这一群青年，生龙活虎，丝毫没感到困苦劳累，雄赳赳地出发，气昂昂地回来，整天乐呵呵的，棉被折叠整齐有序，一有空闲，就高唱军歌，见到村民都是一张笑脸，经常帮村民打扫卫生、料理农活。这快乐劲把村民也感染了，那两年，村庄里也似乎特别有生气。

几十年过去了，S56 省道变为 G322 国道，村民们仍念叨着这一群军人。据说，前几年有一群老兵又来过这里，来走走他们亲手建造的路，看看他们奋斗过的村庄，村民也热情地接待了他们，请他们吃饭，可惜没留下联系方式。

我不知道居住在兵棚坦的工程连队的情况，问了一些村民，他们也讲不出所以然来，只知道他们曾经来下垟村购买过大量的稻草，盖棚铺床。我想他们应该比住在村庄的军人更艰苦，夏天草棚会更闷热，冬天要经受更多的风霜。仔细算算，这些士兵如今都是接近 80 岁的老人了，也许他们此刻正在某个地方，回想着这方土地，回忆着这段艰苦经历。如今兵棚坦上树木森森，四处寂静无声，如有可能，我真想听听当年的士兵站在这里给我讲讲他们年轻时的故事。

在老昌垟头正前方，还有一座山，它有一个很好听的名字，叫"煤窑丼"。据说从前有人在此山坳设窑烧柴收集烟尘，卖给工程队涂刷砖墙。当地人称烟尘为墨煤，因而此处名为煤窑丼，但已不能考证此事的真假。至 20 世纪六七十年代，这里已无树木，村民为驱赶野兽，年年放火烧山，从山脚烧到山背，从这座山烧到那座山，只剩下光秃秃的一片荒山，春天来时，山上长满山蕨、犁头菜，村民就成群结队来山上摘山菜，成为当年一景。

1970 年，下垟大队响应政府"植树造林，绿化祖国"的号召，决定在煤窑丼建立小林场。大队部一声令下，一场绿化煤窑丼1200亩荒山的植树运动就开始了，整个大队100多名男劳动力全部上山，同时还发动几十位妇女加入植树队伍。5个生产队分包，五面红旗在山岗上迎风飘扬，每个人你追我赶，争夺第一。

煤窑丼离村两三千米，为节省来回时间，大家将中饭带到山上吃。时间到了，村干部一声哨响，100多人这一堆、那一簇地围在一起吃饭，大家带的是番薯丝饭，下饭的是咸菜，条件稍好的，也只是在番薯丝里加点米。冬天寒气逼人，树枝、荒草都挂着冰条，泥土也冻成了硬块，大家用锄头敲掉冰块继续挖。吃饭时，饭冻成一块，大家就烧起火堆，将饭烤暖了再吃。

1970年冬天，大家一直挖到腊月廿七才放假过年，腊月廿八晚上，大队部开会决定，要过一个革命化的春节，正月初一，吃过早饭，造林队伍又浩浩荡荡地向山上出发。整个冬季，全村群策群力，硬是将煤窑丼300多亩荒山开成水平坦。开春后，村里在文成县农业局帮助下，全部栽上了树苗。

栽上树就要有人管理，于是每个生产队抽出2个劳动力来管理山地，并在煤窑丼建造管理房。10个人齐心协力，1971年5月开始从远处开采石料，砍伐木材，8月就建成了石木结构屋子，5间两层，17个房间，于是，小林场有了居住与办公的场所。同年11月，全村劳动力再次上山，向山坳头、老昌垟头进军。

1973年，小林场迎来了新生力量，文成县21位应届高中毕业生到下垟小林场插队，成为小林场的常住居民。一把锄头，一把柴刀，一双山袜，在这偏远的深山，他们开始了艰苦的历程。砍柴劈山，他们不知道处理荆棘，手被割得鲜血淋漓；挖掘水平坦，不到半天就满手水泡，腰酸背痛；上山挑担，双肩被压得红肿，双脚打战。但他们硬挺了过来，打窟、种树、培育、开荒、烧灰、育苗、插秧、割稻，什么活都干，什么事都做，一年之后，就俨然像个老农了。他们在这里度过了最美好的青春年华，用自己的汗水为小林场的发展做出了贡献，也与下垟这方山水结下了深厚的感情。1976年后，知识青年陆续上学、招工、参军，离开了这块土地。2003年后，每隔5年，他们就来下垟相聚一次，看看自己奋斗过的第二故乡。

小林场的名声也越来越大，下垟村也被评为农业学大寨先进单位。1975年，全省林业会议在石垟林场召开，参加会议的代表专门参观了下垟小林场；1977年，三级干部会召开，县委书记带领300多名干部全程参观了小林场的建设情况；1978年，村里在煤窑丼盖了8间牛棚，饲养20头牛、30只羊；1979年，林场植树面积扩大至5500亩。小林场曾一度成为村民心中的骄傲。

年与时驰，时光老去。我们从老昌垰头下来，走至小林场驻地，当年栽下的树苗已成大树，四周都是郁郁森林。但站在小林场屋基前，看到的却只是满地的荆棘野草，小林场的房屋已经倒塌，只剩下半堵石墙，当年的篮球场已成为茂密的树林。在当年地基的边沿，站立着一棵树径盈尺的柳杉，这棵树是刚建场时栽下的，当时只是一棵小树苗，现已成参天大树了。

后　记

一

2019 年 6 月，文成县文化和广电旅游体育局的郑文清约我去他办公室，谈论挖掘及宣传地方文化的事，说是政协委员张嘉丽有一个政协提案，希望有关部门设立专项资金，扶持奖励地方文化精品创作，很有见地。这几年，局里也在关注、推进这项工作，因而决定以落实张嘉丽的提案为契机，开展地方文化挖掘宣传工作。文清找我讨论，打算将这个任务委托给文成县作家协会来完成。这对于作家协会来说无疑是件好事，因而我与作家协会理事商议后，就答应了下来。

同年 8 月，文成县文化和广电旅游体育局与文成县作家协会谈妥合作内容，签订了合同。合同要求，作家协会要签约 8—10 位作家，创建一个公众号，对文成的历史、乡村、名人、文物、"非遗"、民俗、名胜等方面进行广泛采访调查，每年要在公众号上发表 100 篇以上书写文成文化的散文。于是，作家协会注册了"淡墨文成"公众号，并于 2019 年 9 月 13 日推出了第一篇文章。
3 年来，作家们跋山涉水，走村入户，查找相关资料，开展田野
调查，共推出 376 篇原创作品。公众号吸引了广大读者的关注，
文章多次被其他媒体转载，有了一定的影响力和知名度。如今，
"淡墨文成"已成了解文成文化的公共平台，也成了文成对外宣
传的一个窗口。

　　3 年来，写作队伍逐渐壮大。作家们召开座谈会，举行改稿会，
总结写作得失，提高作品水平。慢慢地，作家们各自有了自己的
写作风格与写作方向。我喜欢山，将主要精力集中在写山上，渐
渐地也就有了 20 多篇关于山的文章。

二

　　我的家乡四面都是大山，大山伴随着我长大。少年时，大山
是我游玩的舞台，采蘑菇、摘山果、打泥仗，给我留下大大小小
的伤疤，也给我留下许多快乐的记忆；稍大些，大山成了我劳作
的场所，放牛、割草、砍柴，使我尝到了生活的苦涩，也培养了
我面对困苦的坚强意志。后来，我沿着弯曲的古道从山里走到山
外求学，又顺着盘旋的公路回到山里成为一名教书匠。不知从什
么时候起，我喜欢上爬山，春夏爬，秋冬也爬，去爬美丽的红枫
古道，也去爬僻远的高山，爬山成了我生活的乐趣。

　　渐渐地，我还发现了山的富丽，山中不仅有花木，有石头，

还有故事。飞云江边的几座小山里，6000 年前就居住着我们的
先民；刘基故里的小山原来在唐代就有雄伟的道观了；高高的金
山寨曾经历过漫天的战火，美丽的九峰曾留下革命志士无畏的足
迹……而这一切，正慢慢地在人们的记忆中被抹去，正渐渐地
被野草树木遮盖埋没。我决定将这些写下来，于是爬山就多了
一层意义。

　　现在的山越来越美丽了，特别是春天来临时，树绿花红，
看得人心醉。但山也越来越难爬了，过去的荒山皆成了茂密的
森林，几年之间，长满树木，荆棘丛生，本来醒目的路道已无
踪迹，爬山只能在丛林中穿行了，迷路、摔跤、受伤是不可避
免的事。

　　2018 年秋天，我与朋友去爬杨顶峰，刚开始下面还有小道，
再往上就是丛林了。那天是阴天，爬着爬着就下起了小雨，四周
云雾弥漫，天色渐渐暗下来，我们急忙往回走。朋友是经常爬山
的，这一带他也很熟悉，但还是走错了方向，天渐渐黑下来，我
们担心再找不到来路就要在山上过夜了，于是憋足劲往回走，走
得满身是水，不知是汗水还是雨水，幸好朋友发现了通向来处的
电线，才找到方向,回到公路上。我当时真有一种死里逃生的感觉。

　　2020 年冬，我与一群文友去爬石圃山。我们当时以为一两
个小时就能回来，因而没准备食物。不想山道上长满了狼萁草和
刺藤，几乎看不到路，我们爬得十分艰辛，爬到山顶已是中午
12 点了。我们都不想徒手而归，便忍着饥饿寻找摩崖石刻，找

到石马图时，大家都很高兴。往回走时，有的文友已走不动了，但走不动也得走，到山脚已是下午2点了，几个文友都饿得接近虚脱。

最辛苦的一次是爬朱阳九峰。朱阳九峰我是去过的，来回也就两三个小时的事。但过于自信坑了自己，朱阳九峰多年无人行走，道路上已经荆棘丛生。同去的是我朋友与朋友的堂叔，朋友的堂叔是当地人，给我们当向导，他一边清理道路，一边给我们讲解。为了使我们了解得更多，他带着我们走遍角角落落，因而花费的时间特别多，消耗的体力也特别大，看完山峰及龙瀑已是中午12点了，堂叔说山脚下还有一个景点"三潭三瀑"，问我们要不要去看一下。当时我与朋友已精疲力竭，但我想，这次不去，下次也不会去了，还是咬咬牙说去看一下。想不到，到山脚的路极陡，特别难走。看了"三潭三瀑"，我们从山的对面沿着一条山道往上爬。当时已是下午1点多了，我早已是饥肠辘辘、四肢无力了。爬到半岭，我再也爬不动了，爬几步，便坐下来歇一会儿，但岭好像永远没有尽头。幸好，路旁有一个菜园，种着一园子菜头，我们拔了个菜头，菜头有点辣，我还是一口一口将之吃完了，没有这个菜头，我真怀疑自己能否爬上岭头。

但我也很幸运，几年来，总有一些朋友陪我爬山。我想了一下，其中就有文友雷克丑、张嘉丽、郑文清、富健旺、胡晓亚、胡芳芳、胡加斋、高明辉、王选玲，朋友周怀春、周运德、钟金峰、吴文晖、叶凤新、刘少敏、纪孟兵、刘碎钊，同事陈雄华、叶敏军，等等。有了他们的相伴，我爬山时就有了更多的乐趣与收获。

尽管这样，我有时还是要一个人爬。我这个人做事比较鲁钝，写一座山前都要爬上两三次，因而不可能每次都有人陪。一个人爬山总是战战兢兢的，怕摔，怕蛇，怕迷路，爬悬崖山涧需要特别小心，幸好每一次都没有大的危险。

三

终于出书了。写着写着，就集成了一本书。回过头来想想，这几年能坚持不懈地写下来，主要是因为有一个良好的平台，有一个公众号可以发表文章，也因为加入了一个和谐的写作团队。有一句话说得好："一个人走，走得快；一群人走，走得远。"一群朋友，一同下乡采风，一起分享快乐，相互鼓励，相互帮助。写作虽然很累，但的确是一件很有趣的事。

在出书的过程中我也明白了一件事，出书不是一个人的事，而是一群人共同努力的结果。在出书的过程中，许许多多同好者给予我帮助：徐世槐老师年至耄耋，仍抽出时间帮我阅读书稿，给我指导；朋友富晓春工作繁忙，仍帮我书写序言；张嘉丽、张慧冠不辞辛苦、翻山越岭替我拍摄照片；还有许多朋友陪我采风，从书名到排版给我帮助。特别要说一下，这本书受惠于政府扶持精品创作的政策，得到经费补助，才得以出版。在这里一并表示诚挚的感谢。

四季轮换，青山常在。山不见我，我自去见山。山上有美景，山上有故事，山上有好心情。一群朋友，一起爬山，写点文章，也是一件极美好的事。

周玉潭

2023 年 3 月 30 日